荷槐棠诗集

陈涛◎著

中国文联出版社

图书在版编目（C I P）数据

荷槐棠诗集 / 陈涛著. -- 北京 : 中国文联出版社, 2022.5

ISBN 978-7-5190-4842-6

Ⅰ. ①荷… Ⅱ. ①陈… Ⅲ. ①诗集－中国－当代 Ⅳ. ①I227

中国版本图书馆 CIP 数据核字(2022)第 029204 号

著　　者　陈　涛
责任编辑　付劲草
责任校对　刘　丽
装帧设计　杰瑞设计

出版发行　中国文联出版社有限公司
社　　址　北京市朝阳区农展馆南里 10 号　　邮编　100125
电　　话　010-85923025（发行部）　010-85923091（总编室）
经　　销　全国新华书店等
印　　刷　中煤（北京）印务有限公司

开　　本　710 毫米 x 1000 毫米　1/16
印　　张　18.5
字　　数　180 千字
版　　次　2022 年 5 月第 1 版第 1 次印刷
定　　价　58.00 元

序

二十多年前，省委组织部送来一批科级的年轻干部，在曲阜师范大学学习两年后，承担更重要的工作。陈涛是其中之一。几年来，多次相逢，知他在党政部门工作，成绩优异，但仅止于一般了解，今天作为第一读者读了他的诗集，对他有了更深的了解。不久前在曲阜召开的“第二届世界传统诗人大会”上，许多人赞扬中华古诗文遍及各行各业、各国各地，是一可喜现象。但也有人发言，对这些年兴起的“老干部体”诗歌大发评论，说作者“水平不高，功力不厚”，只有“歌功颂德，鼓吹升平”，好像写诗只是某些人的专利。这种冒充行家里手，对当前热衷于写诗的大量老同志妄加评论，是一种污蔑。难道这些人不知道《诗经》来自民间，白居易写诗要“老妪能懂”吗？这本《荷槐棠诗集》的问世就驳斥了这一谬论。

作者作为一名党政工作人员，生在新中国，亲历改革开放。多年来在党的培养教育下，努力工作，深感时代发展之快，祖国面貌发展之大，充满激情地赞扬各种事物，随时把自己的感想、体会用诗的形式记录下来。虽无惊人之句，却有灵感心声。目的不是对外炫耀，而是记录生活。日久天长，积累下来几百首，印了出来。既是自己生活的记录，也是一名党政干部对当今社会各方面广泛的、立体的认知。诗中对真、善、美的歌颂，对亲人的希冀、叮嘱，使这本诗集变得丰满。

在全文的六部分中，无不贯彻上述精神。“筑梦篇”中首列的《百字铭》，体现了一名党员干部积极学习、宣传、培育社会主义核心价值观的思绪。《梦总理》中体现作者对革命领袖的崇敬及坚定的政治信念。写出民营企业如意集团、北城集团及《民营企业办公益》等，体现出作者对这一新生事物的赞扬态度。作者到包公湖游泳，竟联想到“刚正铁无私，沐泳涤心腑”。到西藏见一个年轻女子支教，救助了二十五个孤儿，动情地写出《爱无疆》的诗句。“自然篇”中的花花草草，无不体现作者对大自然的热爱、对祖国锦绣山河的歌颂。从当地的峄山到祖国西南的黄龙沟、茶马古道。写景中寓以情，情在景中，情景交融。祖国到处是图画，诗人行在图画中。“历史篇”中除形象地记述了济宁当地的太白楼、声远楼、微山岛外还写了远方的木府、西藏的历史。几首小诗如《镗浪圈》《玻璃球趣》《陀螺》等，写出了儿时的童趣，《放羊割草》写出了幼年时的生活。“勤奋篇”追溯作者多年的工作历程。作者这些年主要干过银行、台办、水利等工作，诗中都有表现。“账簿七八本，凭证一摞摞。现金当面数，算珠上下挪。开门笑相迎，一刻不离坐。为找一分钱，苦寻到子夜。”短短四十个字，把一个会计的工作生动地表现出来。作者在济宁市委台湾工作办公室工作多年，一些写中国台湾的诗，均为亲临现场之作。一首《台湾行》仅仅八句，把中国台湾的八处景观全部概括了出来。《台胞台属联谊会》中，充满了对骨肉同胞、血浓于水的真挚感情。在作者从事水利工作中，几首诗说出了水利工作的重要性乃亲历此工作者的肺腑之言。诗中热情地歌颂了“南水北调”这一划时代的工程，不但“补水华北济民生”，尤令人欣喜的是“一泓清水入津京”。“生活篇”中尽管写的是一些生活小事，却也看出作者对今日政通人和的新中国的讴歌之情。它从《初恋》到《赠吾儿孙》，一家人在崂山摸螃蟹嬉戏的情景，生活气息特浓。济宁市有十几个叫陈涛的，他们相聚一起，各说个人的经历、职业、兴趣，快何如之！尤其那位干民营企业有成就又热衷于公益的陈涛，更被他以诗的形式多次赞扬。最后的“随笔”部分，思路更宽。从《春节》到《秋的果实》，从《耶稣与佛门》到《给蒙古大营致贺》，字里行间均感情丰、诗味浓。

作者生于孔儒之乡，孔孟儒家的特点是积极入世，面对现实，以人为本。整部诗集充满了这一精神，同时也充满了正能量。作者不是文学家，也没想让自己的诗作在文艺界占一席之地，只是多年来生活、学习、工作中有感而发，把它作为自己生活的记录，向亲朋展示、相互交流情感；对儿孙辈也是一种教育。刊印出来让更多的人读后，与作者产生共鸣，更加热爱中国共产党领导下的新中国，共同为实现“两个一百年”的“中国梦”而奋发工作。

骆承烈

丙申夏于曲阜师大

（国际儒学联合会顾问委员会委员，

曲阜师范大学教授）

目　录

筑梦篇

自然篇

历史篇

勤奋篇

生活篇

随　感

筑梦篇

百字铭[①]

富强国之路，民主是方向。

文明知廉耻，和谐人向上。

自由心舒畅，平等要共享。

公正当无私，法治社稷刚。

爱国才有家，敬业家更旺。

诚信行天下，友善促安康。

学习无止境，知识常武装。

开拓能创新，实干定兴邦。

尊老又爱幼，厚道正直扬。

规矩常坚守，法纪永不忘。

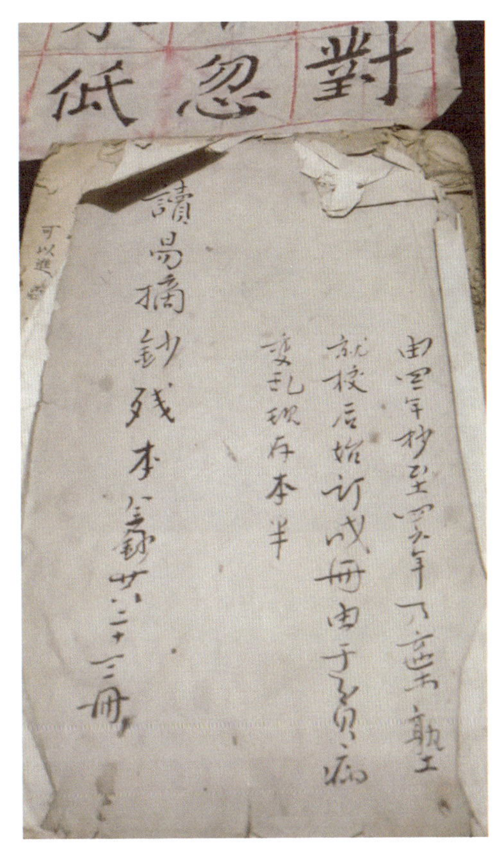

▲ 文庆茂一九四一年手抄《易经》

▼《百字铭》文庆茂，91 岁。济宁市退休工人，中国书画社三级书画师，被中国国际科技文化成果书画组委会授予“WTO 书画家”。

百字銘

富強國之路
民主是方向
文明知廉恥
和諧人向上
自由心舒暢
平等要共享
公正當無私
法治社稷剛
愛國才有家
敬业家更旺
誠信行天下
友善促安康
學習無止境
知识常武装
开拓能創新
實干定興邦
尊老又愛幼
厚道正直揚
規矩常坚守
法紀永不忘

陳濤同志百字銘詩

---

① 以“百字铭”的形式倡导积极学习、宣传、培育社会主义核心价值观。

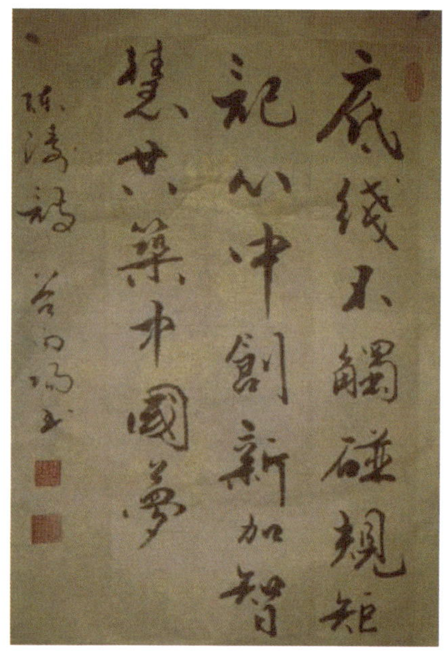

▲《筑梦》谷向阳（北京），中国楹联学会副会长兼楹联书法艺术委员会主任，北京大学教授。

筑梦

底线不触碰，
规矩记心中。
创新加智慧，
共筑中国梦。

▲ 纪念碑

羊山[①]重温誓词

早春三月花绽放，羊山英魂日月光。
誓词重温忠诚党，告慰先烈祖国强。

缗城[②]地杰多英豪，西汉彭越[③]功可高。
冤屈昭雪未为晚，金济[④]两岸数今朝。

▲ 羊山战役纪念碑

① 羊山：在今山东省金乡县境内，历史上发生过著名的羊山战役。
② 缗城：在今山东省金乡县东北，旧名缗城阜。
③ 彭越：山东省金乡县人，“楚汉战争”时大将，与韩信齐名。西汉初被封为梁王。公元前 195 年，汉高祖刘邦借口谋反，杀掉彭越等四王。
④ 金济：河流名称。

儒学[1]之六艺[2]

礼与人类共，乐伴社会生。
射[3]渐淡化去，御[4]驭已不通。

书读无止境，数融发展中。
儒学需扬弃，精华育人行。

▲ 孔子

---

① 儒学：春秋时以孔子为代表的儒家学说。
② 六艺：礼、乐、射、御（驭）、书、数为“六艺”，即古代学校的教育内容。
③ 射：射（射箭）作为古代的一种技能，在当下已不在教学的范围。
④ 御：御（驾战车）作为古代的一种技能，在当下已不在教学的范围。

北城集团[①]

体育驾培十几年，超市农业新能源。

地产城贷信用社，加气速五大酒店。

务物悟无武[②]文化，核心本色扬大帆。

精神理念作风硬，崛起北城众志坚。

▲ 北城集团

① 北城集团：由陈涛先生创办，包括陈涛文武学校、北城驾校、龙凯天然气公司、德利小额贷款公司、辰龙置业、速五酒店、济宁供销北城农民联合社、北城贷（北京）资本管理有限公司、北京呜呜网络科技有限公司等企业，并斥巨资成立陈涛慈善基金。现共有员工1400余人。

② "务""物""悟""无""武"是北城集团五大文化特色。

G20的杭州[①]

西湖秋月胜春江，九曲悠扬飘天堂[②]。
塔堤桥荷忆杭州，最是中国活力强。

诗情画意互包容，轻歌曼舞梦幻光。
小瀛湖畔宝山石，同舟共济帆启航。

▲ 湖面的“天鹅”

① 2016年9月4—5日，20国集团在中国杭州举行G20峰会。
② 西湖文艺晚会“最忆是杭州”共九个曲目:《春江花月夜》《采茶舞曲》《美丽的爱情传说》《高山流水》《天鹅湖》《月光》《我和我的祖国》《难忘茉莉花》《欢乐颂》。

如意路[①]

儒魂千年为支柱，四十五载春秋路。
品质时尚站潮头，一丝一线倾情注[②]。

科技创新绎完美，卓越智造参天树[③]。
扩张并购扫海外，如意当惊世界殊。

▲ 信心

① 如意即山东如意控股集团。创业近 45 年，始终矢志不渝地坚持发展纺织服装产业，坚持“高端化、科技化、品牌化、国际化”的发展战略。目前拥有全世界最大的棉纺、毛纺直至服装品牌的两条完整的纺织服装产业链，旗下企业已遍及日本、澳大利亚、新西兰、印度、英国、德国、意大利等国家以及中国山东、重庆、新疆、上海、江苏、宁夏等地区。位列中国企业、中国制造业 500 强之一，综合竞争能力居中国纺织服装企业竞争力 500 强第一位。

② 一丝一线：“从一根纱，一米布开始，精益求精，这才是工匠精神的真谛，这才是如意的未来。”如意集团总裁邱亚夫如是说。

③ 智造：如意集团推动“如意制造”向“如意智造”“如意创造”转变。

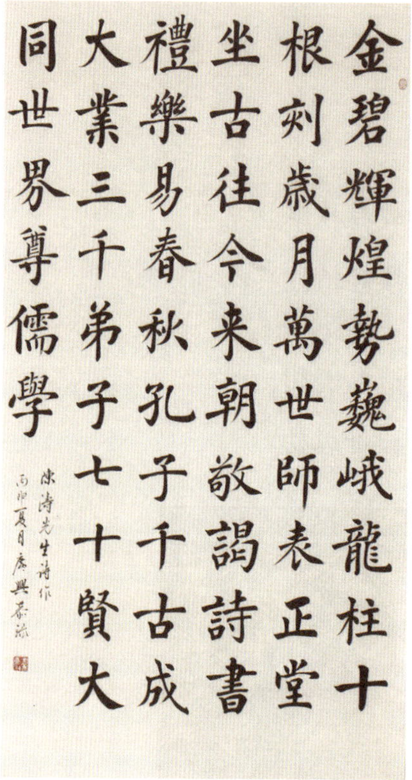

▲《赞孔子》马广兴（济宁市），山东省书法家协会会员，济宁市书法家协会秘书处成员，济宁市青年书法家协会副秘书长。

赞孔子[①]

金碧辉煌势巍峨[②]，
龙柱十根刻岁月。
万世师表正堂坐，
古往今来朝敬谒。

诗书礼乐易春秋[③]，
孔子千古成大业。
三千弟子七十贤，
大同世界尊儒学。

---

① 孔子（公元前551—前479年），名丘，字仲尼，鲁国（今山东曲阜市）人。孔子年幼丧父，家道中落，曾做过管理仓库的“委吏”和看管牛羊的“乘田”。担任过鲁国的中都宰和司寇等。周游列国，到处游说。后半生大部分时间从事讲学活动。孔子的言论，由他的门人整理成为《论语》。这是研究孔子儒学思想的主要依据。

② 指孔庙大成殿。

③ 孔子为了教学需要，收集、整理、删定或改编《诗》《书》《礼》《乐》《易》《春秋》作为教材。

春思

丁酉初一雨蒙蒙，
小伞撑起湿滑行。
爆竹催春硫黄漫，
又是一年雄鸡鸣。

九州团圆华夏情，
户户餐桌更丰盛。
琼浆玉液家国事，
举杯壮怀共筑梦。

▲《春思》 苏丽萍（济宁市），山东省美术家协会会员，山东省女画家协会会员，济宁市女画家协会副主席，任城区美术家协会主席。

▼花

第一届双鸭山商会聚[①]

岁末岁初初欢聚，
一六一七一生守。
黑土关外双鸭人，
创业儒乡联携手。

谋划发展搭平台，
信息共享互交流。
团结相助凝神气，
天南地北书春秋。

▲《明珠醉初醒》许晓帆，中国美术家协会天津分会会员、中央国礼艺术研究特聘国礼画家。

▲花

① 双鸭山，黑龙江省双鸭山市。有一百多名双鸭山人在山东省济宁市经商办企业。

观汉画像石汉代碑石刻

西汉东汉画像石[①]，甲骨篆隶汉字风[②]。

创新创业民族魂，筑梦圆梦中国梦。

▲ 汉画石像

① 汉画像石和汉碑石刻是汉代地下墓室、墓地、祠堂及地面石阙等建筑物上的石质构件，借助不同规格的石面雕刻各种图像、图案，既有装饰性、观瞻性和实用性，又表现了当时人们的丧葬观、精神信仰、生活习俗和社会状况。

② 汉文字的演变。

雄安行[①]

——北京济宁商会学习党的十九大精神感怀

暮秋的季节里，今夜，我走在雄安新区的街头，
是十九大的东风，
是我多么想聆听中央党校教授解读十九大报告的渴望，
还是我想实现与北京济宁商会精英们谋面的夙求？
我乘上了列车，我抛弃了繁杂，我不顾羁绊，
赶上北京济宁商会“践行十九大精神·雄安行”活动。
处女的雄安，白纸的雄安，在决战前静静地等候。
那是国家的战略，那是引擎的期待，
那是功能的承载，那是雄起勃发的前奏。
雄安！雄安！
那更是继深圳浦东后中国辉煌梦想的铸就！
北京济宁商会的企业家们，
学习理解十九大报告精准到位，
角度切入独特，理论实际相结合，
落地生根见效果。
豪情满怀抒壮志，信心百倍从头跃。
“践行十九大，永远跟党走”！

---

① 2016年3月24日，国家同意河北省的雄县、容城、文安三县组成新的“雄安新区”。

企业家的心声，

萦耳久久，久久……

三五年后的雄安，

我想走走；

十五年后的雄安，

我依然想走走；

三十年后的雄安，

我更想在北京济宁商会的陪伴下，

再走走，再看看。

招手！招手！

那一天已向我招手！

看一看国家千年大计的雄安，

看一看崭新崛起辉煌的雄安，

看一看济宁企业家在此梦想的实现！

也看一看我此生没有谋面的白洋淀……

这是我雄安之行三十年的守候和期盼！

▲ 雄安行（1）

▼ 雄安行（2）

甲午大同

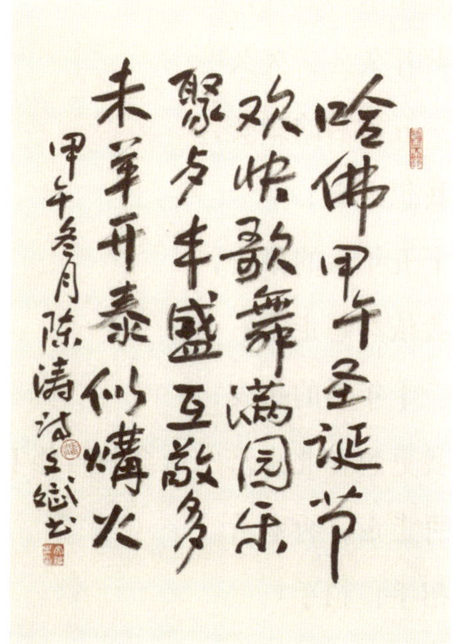

▲《甲午大同》潘文斌（济南市），中国版画家协会理事，国家一级美术师，山东画院副院长，中国美协藏书票研究会副主席。

哈佛甲午圣诞节[①]，
欢快歌舞满园乐。
聚餐丰盛互敬多，
未羊开泰似篝火。
摇篮稚孙润蒙梭[②]，
保育幼师慈母呵。
星光灿烂系银河，
世界大同平安夜。

◀儿童走秀

① 圣诞节：基督教徒纪念耶稣基督诞生的节日。

② 蒙梭：马利娅·蒙台梭利博士的简称。意大利人（1870—1952 年），幼儿教育家，出版《新世界的教育》《有吸收力的心灵》《吸收性心智》《了解你的小孩》《发现儿童》等著作。1949—1951 年连续三年被提名为“诺贝尔和平奖”候选人。

一带一路赞[1]

长亭外，古道旁，
看万邦，此时向何方？

初衷想，心依旧，
自立强，路带齐飞翔。

巨龙醒，仍引航，
力融会，华夏丝绸扬。

初阳光，国运昌，
民兴旺，雄峙万无疆！

◀《一路一带赞》潘文斌（济南市）。

① 2013年中国提出“一带一路”倡议，促进沿线国家基础设施建设和互联互通，对接政策，深化合作，协调联动，实现共荣。

走近陈涛[①]

阳光灿烂胸豁达，
市场经济博弈杀。
锐志创业超前人，
谈笑淡定多叱咤。

长沟农村生七八[②]，
创业北城筑大厦。
国团出访探世界[③]，
海阔天高翱由他。

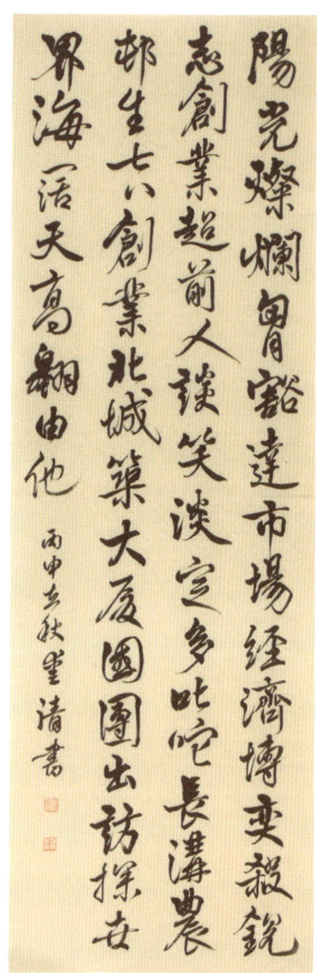

▲《走近陈涛》郑爱清（济宁市），济宁市书法家协会副秘书长。

---

① 陈涛，济宁任城区人。现任北城集团总裁、世界杰出华商协会副会长、世界工商业联合会驾驶培训委员会主席、世界工商业联合会总会金融工作委员会副秘书长、中国归国华侨联合会副会长、中国青年企业家协会会员、山东省人大代表、山东省工商联执委、山东省企工委委员、山东省归国华侨联合会青年委员会副会长、山东省泰安市归国侨商联合会名誉主席、山东省侨办青年商会常务副会长。在济宁市、任城区政协、工商联、侨商、儒商、运河文化、诗联、书画、曲艺、文化与收藏、商会、海外联谊会、江西、四川商会等部门和组织任职。并任陈涛慈善基金会理事长。

② 长沟：山东济宁任城区长沟镇。七八：陈涛先生生于 1978 年。2012 年 4 月，由北城集团、长春电影制片厂和北京酷阵国际文化传媒公司联合摄制电影《生于 1978》。这部电影以陈涛为原型，讲述了一个乡村小伙子白手起家创业致富的历程。

③ 国团：指党和国家领导人出访团。陈涛先生先后随党和国家领导人出访考察 10 余次。

民营企业办公益[1]

圆门灰瓦白墙面[2]，两边六片品不凡。
名家字画入林展，诗词歌赋园中现。

娱乐设施科技含，瓜果杂粮能体验。
水木童话聚欢颜，百姓老少乐翻天。

▲ 爱心

① 水木童话园林公司是潘跃勇先生私办园林，位于济宁市任城区李营街道前双村，占地1000余亩，引进美国红枫，种植20余种名贵树木。园内置文化科普、娱乐等设施。

② 这里指水木童话园林迎门墙。徽式建筑，风格秀气。

孔子文化节感怀

五千春秋浩云海，古乐儒风翩跹来。
仁义礼智信天下，大同世界谱和谐。

君子自强厚物载，天际日月星辰彩。
首善之区磬声依，炫舞长歌大情怀。

▼巍巍雪山

祝哈佛摇篮国际小学诞生

（济宁情怀）

梦想金秋硕果煌，
哈佛小学签约场[①]。
简洁明快祝福声，
济宁人民难相忘。

▲ 国小开学

① 2015 年 12 月 19 日，“北京附属实验学校与哈佛摇篮国际小学合作办学签约仪式”在北大博雅国际酒店举行，作者见证了这一历史时刻。

梦总理[①]

阳光明媚欢天喜，
人海群中出现你。
恳请照相笑允许，
搭肩搂腰很平易。

▲ 江苏淮安周恩来纪念馆

① 2014 年 11 月 8 日，两个月后的今天是周恩来总理逝世三十九年整，谨以此梦怀念总理。

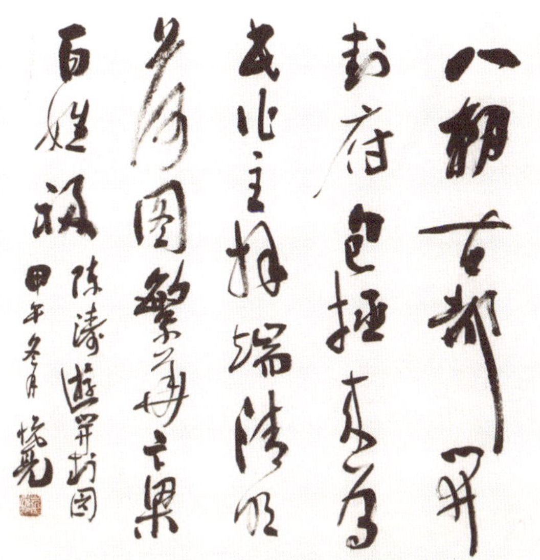

▲《开封游》 崔悦亮(济宁市),中国书法家协会会员,济宁市委副秘书长、农工办主任。

开封游

八朝古都开封府,

包拯来为民做主[1]。

择端清明上河图[2],

繁华汴梁百姓福[3]。

▼私塾

① 包拯:北宋庐州合肥(今安徽合肥肥东)人。天圣五年进士。在开封府时,以廉洁著称,执法严明,不畏权贵。遗著有《包孝肃公奏议》。

② 择端:即张择端,北宋画家,东武(今山东诸城)人。存世作品有《清明上河图》长卷,是一幅有重要历史价值的优秀风俗画。

③ 汴梁:旧时对河南开封的别称。

传统典雅之婚礼

仪门大堂挂彩虹，
古典音乐荡空中。
淑女嫁衣今出阁，
谨言慎行祥和风。

新郎红袍笑盈盈，
执子之手许忠情。
夫妻拜堂敬天地，
自此连理守终生。

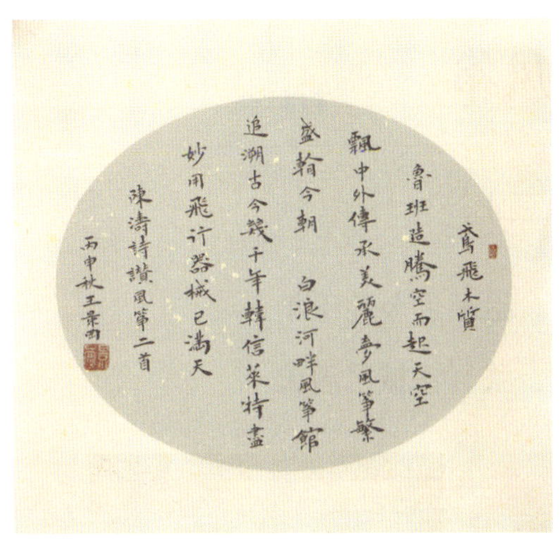

▲《赞风筝一、二》 王景冈（济宁市），儒家书画院法人院长，任城区书法家协会副主席。

赞风筝[1]

（一）

鸢飞木质鲁班造[2]，

腾空而起天空飘。

中外传承美丽梦，

风筝繁盛看今朝。

▲ 风筝博物馆

① 风筝：玩具。用细竹扎成骨架，再糊上薄棉纸，系以长线，利用风力上升空中。

② 鸢：老鹰。鲁班：我国古代的建筑工匠。公输氏，名般，春秋时期鲁国人，“般”与“班”同音，故称鲁班。旧时建筑工匠尊其为“祖师”。据传曾发明木制鸢，以窥宋城。

赞风筝

（二）

白浪河畔风筝馆①，追溯古今几千年。

韩信莱特尽妙用②，飞行器械已满天。

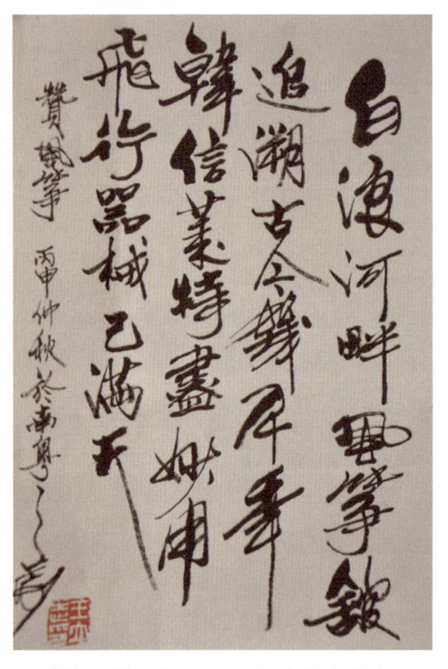

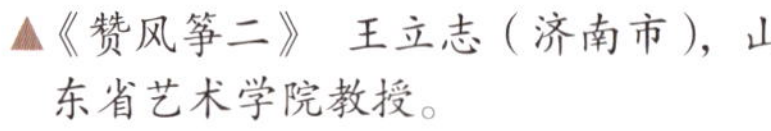
▲《赞风筝二》 王立志（济南市），山东省艺术学院教授。

▲ 风筝

① 白浪河是流经山东省潍坊市城区的一条最为重要的河流。发源于潍坊市昌乐县打揺山，全长 127 千米，流域面积 1237 平方千米。潍坊世界博物馆是我国第一座大型风筝博物馆。建筑选取了潍坊龙头蜈蚣风筝的特点，屋脊是一条完整的组合。陶瓷区馆内收藏风筝精品 1000 余只。

② 韩信：汉初诸侯王，淮阴人。初属项羽，继归刘邦，被拜为大将。楚汉战争时，刘邦采其策攻占关中。破赵取齐，占据黄河下游之地。汉立，改封楚王。后被告谋反，为吕后所杀。据传说，韩信攻城时曾用风筝传递信息。莱特：指莱特兄弟，美国人，发明家，是飞机的发明者。于 1903 年 12 月首次完成完全受控制、附机载外部动力、机体比空气重、持续滞空不落地的飞行，发明了世界上第一架飞机。

梦想起飞的地方[①]

白鹿不恋青崖间[②]，祥入歌德图书馆[③]。
精典集锦数万卷，伴儿飞梦翱蓝天。

红鲤温泉惬悠然，一点一滴雅不凡。
知识海洋浸少年，誓为中华育才干。

▲ 图书馆

① 指哈佛摇篮国际小学歌德图书馆。

② 李白诗《梦游天姥吟留别》“且放白鹿青崖间，须行既骑访名山”，意谓将归隐名山，学道求仙。白鹿，传说中仙人的坐骑。这里指潘跃勇先生打造精美的“歌德图书馆”，让孩子们在知识的海洋遨游。

③ 歌德：德国诗人，剧作家、思想家。

哈佛摇篮教育集团
新年长走大赛活动感怀[①]

数九寒冬绿色浪[②]，哈佛携幼行走长。
创新蓝天呵地球，公益协调爱家乡。

雾霾肆虐灰纱帐，太阳白昼似月亮。
行人面罩家隐藏，开放共享暖阳光。

▲ 启动仪式

---

① 这首诗融入了中央提出的“创新、协调、绿色、开放、共享”的发展理念。
② 绿色浪：参加长走大赛的男女老幼，身穿绿色的 T 恤衫，像绿色的浪潮一样涌动。

游泳包公湖

千年包公湖①，
霜降水刺骨。
刚正铁无私，
沐泳涤心腑。

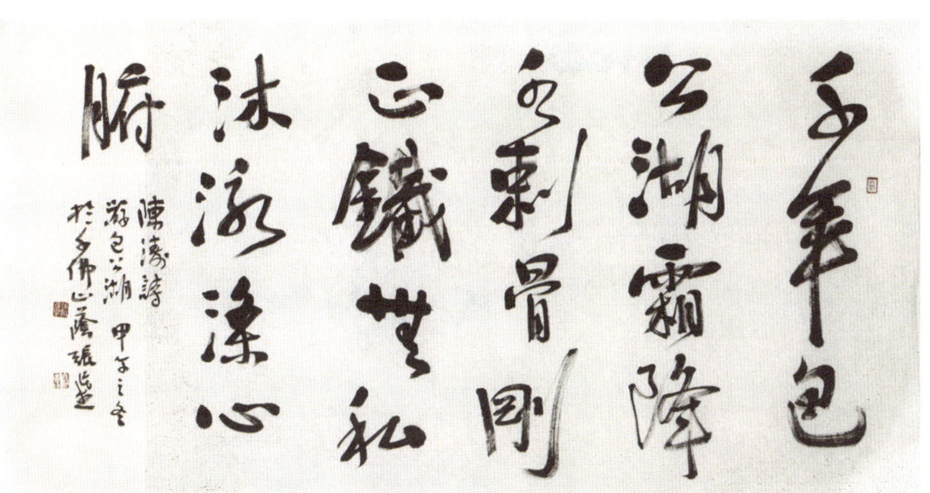

▲《游泳包公湖》张民生（济南市），中国美术家协会会员，山东省美术馆专职画家、研究员、高级画师。

① 包公湖位于河南省开封市包公祠前。作者于2013年10月24日出差去开封，恰逢霜降，当天早晨7时，下湖游泳，偶得一首。

乔羽艺术馆

古朴典雅南池坐[①]，灰瓦红柱两层叠。
风雨雪寒读塑板[②]，耳畔响起“一条河”[③]。

“不醉不说”“乔老爷”[④]，儒乡文大少时歌[⑤]。
泰斗词赋书五车，荡气回肠颂祖国。

◀梁祝

① 南池：指王母阁湖，原名“古南池”，系唐代开元、天宝年间（公元713—756年）南池遗址，盛唐时即为游览胜地。现今在南池公园东南隅建“乔羽艺术馆”，作者多次参观未果。
② 塑板，在“乔羽艺术馆”院内，制作了多块雕塑板，刻有乔羽歌词创作手迹。
③ “一条大河”是歌词《我的祖国》里的词句，作词乔羽。
④《不醉不说：乔羽的大河之恋》，作者周长行。乔老爷，指乔羽。
⑤ 文大，旧时济宁州文大街。乔羽少年生活之地。

扫墓[①]

丁香绽放清明香[②]，陵园松柏英魂常。
五十年前儿时祭，今朝茔前信更强。

先辈洒血永不忘，沧桑巨变改模样。
核心价值五理念[③]，祖国扬帆正破浪。

▲ 丁香花开

① 2016年4月1日济宁市纪委组织工作人员到济宁烈士陵园扫墓。作者有感而作。五十一年前作者第一次扫墓，当时只有7岁，上小学二年级。

② 清明：二十四节气之一，民间习惯在这一天扫墓，4月4、5或6日。

③ 社会主义核心价值观和五个发展理念。核心价值观内容为：富强、民主、文明、和谐、自由、平等、公正、法治、爱国、敬业、诚信、友善。五个发展理念为：创新、协调、绿色、开放、共享。

▲《平邑大洼写生图》辛崇华（山东日照），中国美术家协会会员，中国书画家协会理事。

房干今昔[①]

不见片瓦墙无砖，
泥坯草脊窗棂暗。
石碓碾子诉沧桑[②]，
干草杂枝升青烟。

三中全会沐房干，
小康一走三十年。
绿园别墅文化场，
天南地北誉新颜。

◀昔日土草房

① 房干：在山东省莱芜市大王庄镇，是一个只有 170 户、550 多人的小山村。坐落于海拔 800 多米的高山群落中。原本周围 12 平方千米都是石山，农业生产丰歉由天。全村人都住在不见砖瓦和白墙的泥坯草房中。党的十一届三中全会以后，村党支部带领全村男女老幼经过 30 年不懈治理，终于使房干村变成了山清水秀、风光旖旎的生态旅游胜地，森林植被覆盖率 90% 以上，2005 年农民人均年收入 1.3 万余元。

② 石碓：舂米用具。碾子：轧碎谷物或去掉谷物外壳的石制工具。

爱心六一[1]

穿云飞越万重山，
驱车颠簸金沙滩。
东安加禾庆六一，
师生孙儿乐翻天。

跃勇点吾奔涛源，
张张纯朴可爱靥。
清纯眼眸求知欲，
峡谷江风子梦圆。

▲《爱心六一》胡柏，云南省永胜县教师。

① 2016 年 5 月 30 日，作者携妻带孙踏上了去云南丽江永胜县涛源镇东安小学和加禾小学的爱心之路。乘飞机 2 小时 30 分钟到丽江，再乘车 4 小时到永胜县涛源镇东安小学后又去加禾小学。加禾小学位于金沙江畔，由于建鲁地拉水电站，从山峪移民搬迁至山上 170 米处。作者捐赠了 200 册科普书籍，资助了一位山区贫困的小姑娘杨海琴，孙儿与学生们共同度过了一个难忘的六一儿童节。

赠如意集团同学[①]

塞上有江南，黄河富银川[②]。岩画兰山口，红黄黑白蓝[③]。
如意贺兰园[④]，金秋启投产。纺纱首条线，国际堪高端。
泰安登山节，服装园开建。全程自动化，商贸共发展。
金乡科技染[⑤]，数码减低碳。纺织染一体，印花三千万。
中都佛光现，佑护几千年。集团材料新，卓越效能献。[⑥]
同学与结缘，走过知命天。尽心又竭力，德品日可鉴。

如意集团

① 同学：指王燕、李崇诏，作者不同时期的两位同学，均为如意集团副总裁，他们一位负责财务、资本运作；一位负责基建、安全生产后勤管理，先后参与建设多个如意产业基地。
② 宁夏素有塞上江南之称，又有“天下黄河富宁夏”之说。
③ 岩画兰山口：指贺兰口岩画。位于宁夏与内蒙古的分界线，在600米岩壁上约300幅类人首、牲畜、狩猎造型岩画。红黄黑白蓝为宁夏五色特产，对应枸杞（红）、甘草（黄）、发菜（黑）、滩羊皮（白）、贺兰石（青紫色/蓝）。
④ 如意贺兰园：指宁夏生态纺织时尚产业园区。2013年如意泰安服装工业园正式投产。
⑤ 金乡科技染：指山东如意数码科技印染有限公司。
⑥ 汶上如意科技园荣获“全国科技效能奖”。

爱无疆[1]

雪域佛塔玛尼墙，经筒喇嘛彩幡扬。
原始天灾多孤儿，支教收养爱无疆。

碉楼修葺陋学堂，二十五子享阳光。
僧资庙助糌粑度，疾患觅续酥灯亮。

▲《爱无疆》韩沛池（河北）石家庄东方美术学院特聘教授，刘凌沧艺术研究会副会长。

---

① 读江觉迟《酥油》而作《爱无疆》。江觉迟是安徽桐城的一位年轻女子。2005年，她来到西藏寺庙孤儿院支教。她和一位藏族男青年共同收养了草原上二十五个孤儿，在残破的碉楼里办起了孤儿学校。一待就是五年，最后她满身是病，不得不走下高原。她希望寻找下一个点亮酥油灯的人。这部小说是由江觉迟六十万字的日记整理而成的。她深深地打动了作者。

王杰纪念馆感怀①

数次瞻仰思儿景，
英雄魂魄撼终生。
苦累生死皆不怕，
纵身一跃化彩虹。

灰墙红架翠竹丛，
塑像扑势闪五星。
几代伟人为题词②，
精神励志家国兴。

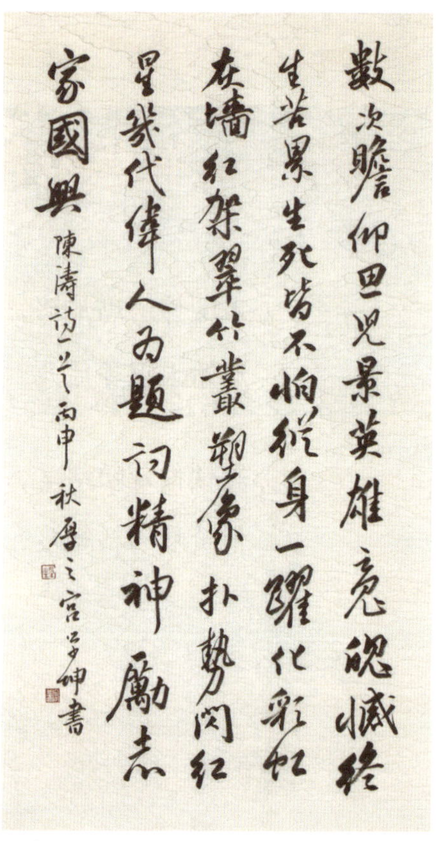

▲《王杰纪念馆感怀》宫学坤，山东省书法家协会会员。

◀王杰塑像

① 王杰纪念馆位于山东省金乡县城北 3 千米华堌村（1967 年更名为王杰村）东端，现为军事度假区，为纪念英雄王杰而建。王杰，1942 年生于金乡农村，1961 年 8 月入伍，1965 年 7 月 14 日带领民兵进行实爆训练时发生意外，王杰毅然扑向炸点，用自己年仅 23 岁的生命挽救了在场的 12 名民兵和武装干部。王杰纪念馆占地面积 69 亩，建筑面积 3000 平方米。主建筑由 48 根支柱支撑而起。

② 毛泽东、邓小平、江泽民、胡锦涛等党和国家领导人，不同时期为王杰同志题词。

情怀[1]

（一）

三尺讲台十年砺，苦熬岁月难尽意。
未等桃李报春华，教鞭丢弃心中泣。
跨入国企暗窃喜，几番打拼不景气。
四顾茫然皆下岗，改革进程第一批。
方舟书店古槐下[2]，庇佑书匠力不惜。
经销收购借阅传，自沉书海难言弃。
善于观察找机遇，儒乡书市乏生机。
京广上深产业兴，担纲孔孟发源地。
首创科技图书馆，潘家大楼办公益[3]。
读者井喷三百万，朝暮馆堂无虚席。
文化繁荣渐热潮，创业谋划进京畿。
香山落户显亮点，私人订制敢开辟。
沙龙讲坛英语角，人来攘往不停息。
理念方略苦实干，传播知识扬大旗。
北京创业十青年[4]，服务奥运不吝力。
轰动全国站第一，实现梦想争朝夕。

---

① 《情怀》，是一首叙事诗，主要描写哈佛摇篮教育集团董事长潘跃勇先生三十年的人生历程和他的创业过程。他有一种伟大的情怀，就是强我少年，这是中国未来之希望。几十年来，他孜孜以求，为之奋斗，他的这种追求，深深打动了作者。作者没有写过长诗，但是，潘跃勇先生的事迹震撼激励着作者，不得不拿起笔尝试写这首叙事诗。

② 方舟书店是潘跃勇用借来的几千元钱，租了一间 10 平方米的小屋开办的第一家书店，是他下岗后自谋营生的开端。古槐：山阳古槐，大槐树（唐）。

③ 潘家大楼，20 世纪 20 年代所建私人住宅。

④ 潘跃勇先生曾获得“北京十大创业青年”称号。

情怀

（二）

把握机遇迎挑战，儒乡儿教缺高端。
敢与巨人强联手，哈佛摇篮国际园。
西式教学新理念，人格塑造个性显。
几何效应速扩张，幼教迅猛成集团。
十年拼搏磨一剑，品牌义利双登攀。
南极净土播子爱，两千笑脸呵自然①。
总理关怀鸿图展，三省一市二十县②。
网格布局三十所，百园梦想必实现。
跃勇志在赢少年，学前跨入教育段。
联办小学启大幕③，圣地民营国际版。
语数外品音体美，全球元素优资源。
智库专家好师资，中外名校管理念。
殚精打造美校园，一角一旮倾情献。
设备器材世界选，鲁地子孙赢在前。
一腔热血铸未来，昼夜不舍民族缘。
孕育智慧我童年，挚爱情怀到永远。

---

① 2010年，潘跃勇先生登陆南极，他将印有2000个孩子笑脸和孩子亲笔签名的园旗插在冰封的南极大陆。

② 2004年，温家宝总理观看哈佛摇篮幼儿园孩子的文艺表演并与之合影。

③ 2015年12月19日，在北京大学，北大附属实验小学与哈佛摇篮国际小学签约联合办学。

自然篇

野草野花赞

初春料峭冷清寒，
大地肃杀青青现。
万紫千红融一体，
千山万水你妆扮。

风雨酷暑何等闲，
牛羊畜壮我奉献。
秋收硕果又临冬，
刀割焚烧盼春天。

▲野花草（1）

▼野花草（2）

红枫赞

（贺“2015 水木童话红叶节”盛大庆典）

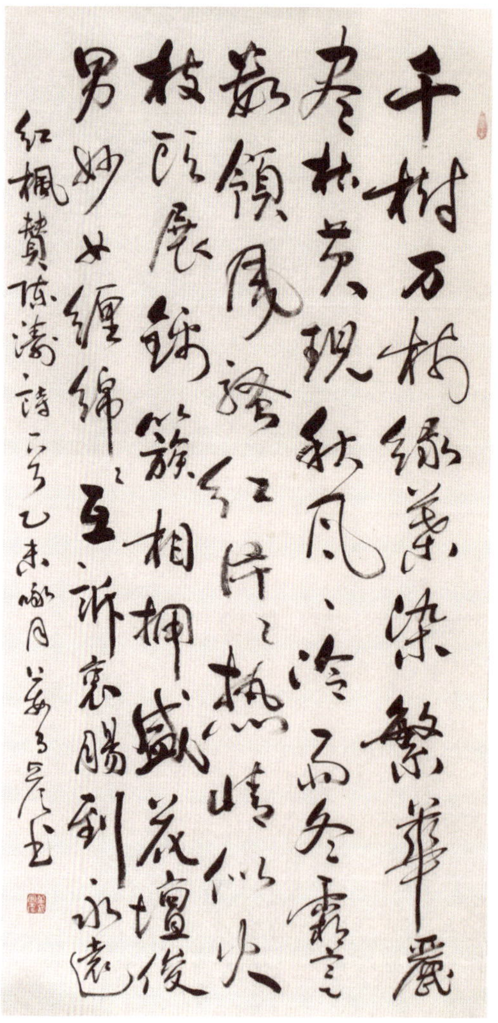

千树万树绿叶染，
繁华丽尽枯黄现。
秋风冷雨冬霜寒，
数领风骚红片片。

热情似火枝头展，
锦簇相拥盛花坛。
俊男妙女缠绵绵，
互诉衷肠到永远。

◀《红枫赞》姜守彦（济宁市），中华诗词学会会员，山东省书法家协会会员，济宁市老年书画研究会副会长，任城区儒家书画院副院长。

秋韵

昨夜秋雨今缠绵，
青纱薄雾罩湖面。
海市蜃楼忽隐现，
柳丝微风送湿寒。

四野静谧穹灰染，
鸭燕归巢避霜天。
苇蒲草丛白鹭眠，
水平镜面起波澜。

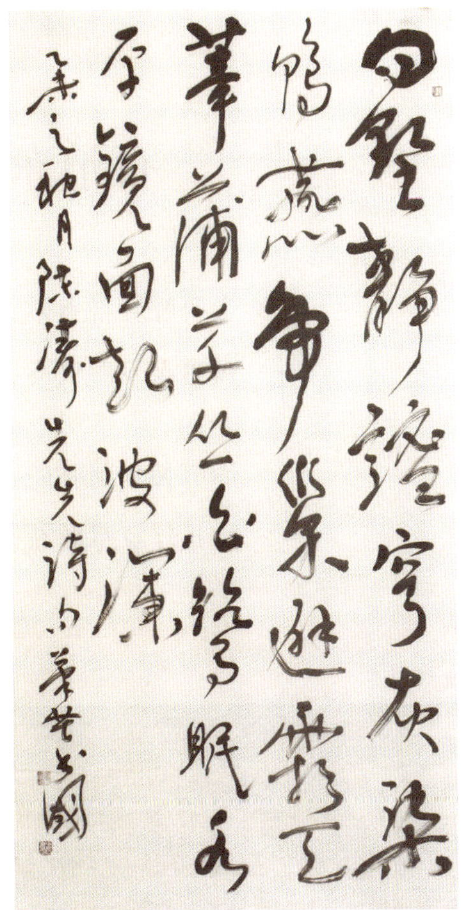

▲《秋韵》张书国（济宁市），济宁市高新区书法家协会主席，任城区儒家书画院副院长。

▼夏转秋

夜泊东邵码头[1]

大哥呼声像首歌，小弟正在河中过。
风裹杂草腥气多，夜深天黑哪有客？

酒醉佛乐阿弥陀，大舅二舅活不错。
蛇瓜红豆尽收获，八十一百永喜过。

▼绿中桥

① 东邵：济宁市任城区喻屯镇东邵村。

晨寒

细雨镜湖起涟漪，
鸭鹳鹭燕心甚疑。
残秋天寒初放光，
何来贵客把水欺？

▲《霜降野卧》沈鸿浩，中国美术家协会会员。

▼晨曦中的孔雀池

雪[1]

（一）

夜深寂静舞清风，
悄无声息入画中。
晶莹剔透美仑奂，
银装素裹北国景。

飘飘潇潇大地情，
护佑世间万精灵。
阴霾光热何所惧？
化作甘露育苍生。

▲《雪（一）》夏忠耀，山东省书法家协会会员。

① 2015 年第一场雪有两个特点：一是下雪的时间提前至 11 月 23 日，是 50 余年历史上这一地区同期所降雪最大的一次。二是降雪量是 20 多年来最大的一次。城区很多树枝不堪重负而被压断或压弯。阳光照射下，不断有雪包崩塌，形成雪崩一样的小景观。

雪

（二）

昨夜北风挟雪狂，
世上万物披银装。
千树万树梨花样，
负重弯腰多有伤。

日出天晴暖阳光，
阵阵雪崩纷飞扬。
玉洁剔透琉璃长，
童话世界扮家乡。

▲《雪（二）》刘文清（济宁市），济宁市高新区美术家协会副主席。

▲ 红叶

红叶蕴爱[①]

三五七角枫叶红，
片片意蕴火热情。
男女之恋千古唱，
此物最具爱象征。

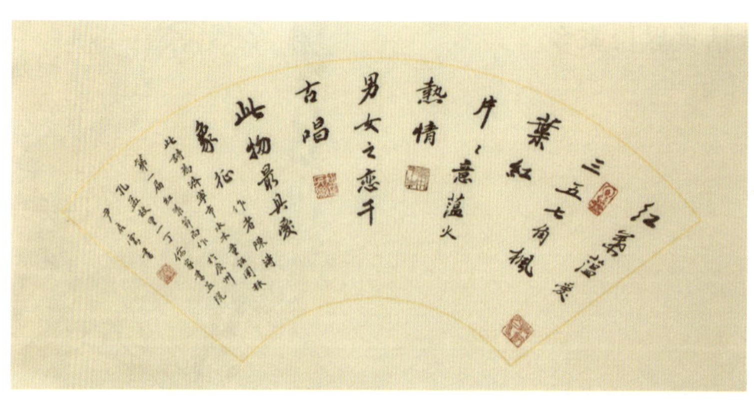

◀《红叶蕴爱》 尹启云（济宁市），山东省书法家协会会员、楹联会员，任城区书法家协会副主席。

① 为“济宁市水木童话园林第一届红叶节”而作，于广州。

山阳古槐[1]

古树枯干沧桑孔，

鲜枝嫩芽仍从容[2]。

敬德勒马看古槐[3]，

忽如春夏又秋冬。

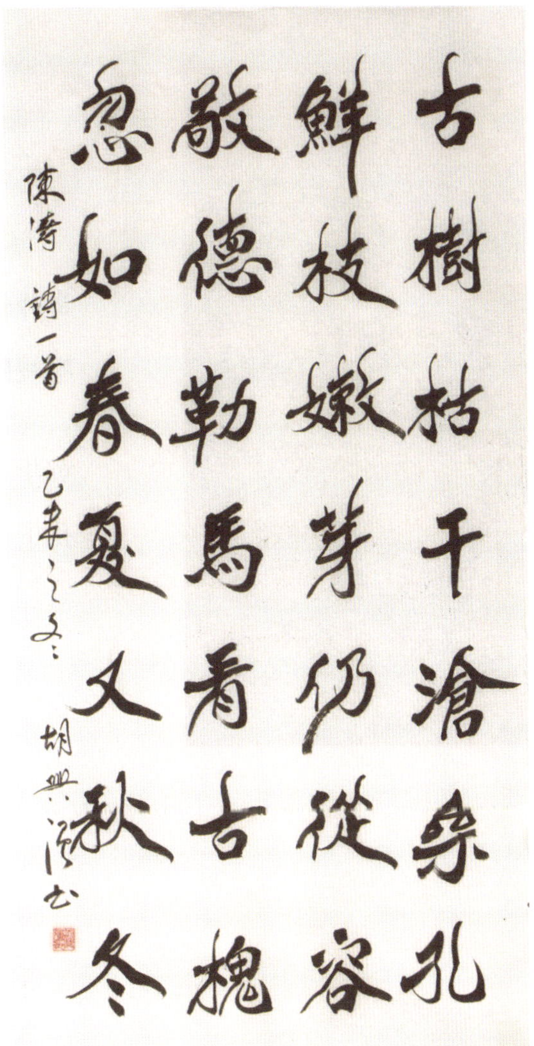

▲《山阳古槐》胡兴强（济宁市），任城区儒家书画院理事，高级教师。

---

① 山阳古槐：大槐树。位于山东省济宁市区古槐路中，百姓俗称“大槐树”。

② 树干虽然早已枯朽，每年春夏仍枝繁叶茂。

③ 相传唐初大将尉迟敬德至任城北关外（现在古槐路）勒马观看古槐树即指此树。

◀峄山石

峄山[1]

奇峰怪石山，岱南第一观。
峭峻险插天，松柏映清泉。

黄华泰集身，八卦石试剑。
孔子小鲁处，云宫欲飘仙。

▼气势磅礴

① 峄山位于山东省邹城市城东南 12 千米处，又名邹峄山、东山。“孔子登东山”即指此山，方圆 10 余千米，海拔 582 米。山上奇峰怪石，陡峭峻拔，岩洞幽深，相互通达，松柏清泉，集泰山之雄、华山之险、黄山之奇于一身，被誉为“岱南第一奇观”，有“邹鲁灵秀”之称。

银杏树[①]

长寿公孙树，东西南北驻。乔木扇叶形，孑遗雌雄株。

材密细轻软，雕刻供建筑。白果食药用，庭园行道伫。

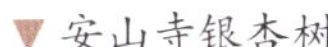
▼安山寺银杏树

① 落叶乔木，雌雄异株，叶片扇形。种子椭圆形，果仁可食，也可入药。系孑遗植物。我国普遍栽培，日本亦产。生长较慢，寿命极长，可达千余年。外种皮可提栲胶。木材浅黄色，木质细腻、轻软，供建筑、家具制造、雕刻及其他工艺品用。为庭园树、行道树。

黄龙[1]

青藏高原东松潘，五彩华池聚三千。
黄白青绿褐泽色，雪山飞瀑上九天。

埂堤裸隆净水漫，峦翠葱茏叠流滩。
圆弧梯田花笋石，疑似瑶池降人间[2]。

◀《黄龙》高现光，山东省书法家协会会员。

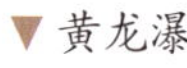
▼黄龙瀑

---

① 黄龙：黄龙自然保护区，位于四川省松潘县东北方，坐落于青藏高原东缘，距九寨沟约143千米。保护区拥有特殊的地质景观，包括石灰华彩池、瀑布、滩流、溶洞和雪山等。1992年被联合国教科文组织列入世界自然遗产名录。

② 瑶池：仙境。在古代神话中，相传为西王母所居之地。

青山 ①

夕照青山刹巍峨，龙吐玉珠舍昼夜。
经年泉水不干涸 ②，古藤穿碑洞莫测。

曲径蜿蜒尽幽折，苍松翠柏映日月。
刘邓反攻挺长江 ③，羊山战役运帷幄。

▼ 山寺

① 青山：位于山东省济宁嘉祥县西南约 7.5 千米处。
② 青山有感应泉，经年不涸，吐玉喷珠，不舍昼夜。
③ 当年刘伯承、邓小平在青山指挥了著名的羊山战役。羊山战役是解放战争时期鲁西南战役的一部分，打开了战略进攻、挺进长江的前门。1947 年 7 月，经过 28 天的浴血奋战，共歼国民党军 4 个整编师部 9 个半旅，计 5.6 万余人。

说雨[1]

春雷惊天甘露降，滋润万物苍生长。
酷夏倾盆电闪急，汇聚江河湖泊涨。

秋来缠绵寒露霜，翠竹芭蕉泪凄凉。
初冬清风伴雪舞，悬浮云层几沧桑？

▲ 雨雾新村

① 雨：从云层中降向地面的水。云里的小水滴体积增大到不能悬浮在空气中时，就下降成为雨。

春[1]

正月煦阳和启蛰，
品物皆春骚蠢动[2]。
暖风扶雨滋浸润，
眠中苏醒苞萌葱。

▲《春》王旭璋（山西省长治），文化部中国乡土艺术协会会员，中国美协（香港协会会员），北京富国为民书画院院士。

▲ 初春花

① 春：一年四季的第一季，阴历正月至三月。
② 启蛰：焕发生机、生意。《宋史·乐志七》："阳和启蛰，品物皆春"。蠢动：指虫类从蛰眠中开始苏醒过来。

风[1]

行走无形气流动，浩瀚缥缈虚无影。
春夏秋冬沐四季，万物生长助大用。

徐徐和暖枝头醒，电闪雷鸣雨无形。
横扫残叶嘶吼声，摧枯拉朽肃杀景。

▲ 春风里

① 风：跟地面大致平行的空气流动，是由于气压分布不均匀而产生的。根据风力大小从零到十二共分十三级。

蒙山[①]

龟蒙寿星居山头，玉翠清灵云浮游。
天开图画观东鲁，李白杜甫醉眠秋[②]。

穿林潜石九龙潭，情人溪谷涧漂流。
寿桃神庙接坛气，观赏养生须回头。

▶《蒙山》王中华（嘉祥），山东省美术家协会会员，济宁美术家协会理事，嘉祥县美术家协会副主席兼秘书长。

◀蒙山情

---

① 蒙山：一称东山。在山东省中部，西北—东南走向，延长百余里。东汶河、祊河分水岭。主峰龟蒙顶，海拔 1156 米。

② 相传诗仙李白、诗圣杜甫携游蒙山，曾在此徜徉吟哦，分别留下了“但使主人能醉客，不知何处是他乡”“醉眠秋共被，携手日同行”的佳句。

塞外大漠

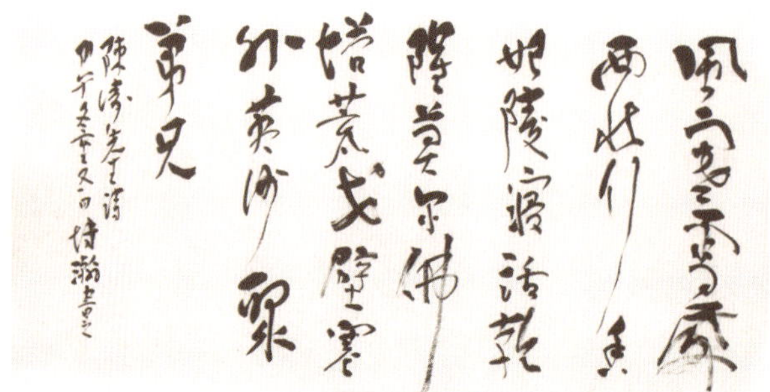

风寒雪舞西北行，
香妃陵寝话乾隆[1]。
莫尔佛塔荒戈壁[2]，
塞外英沙聚弟兄。

▲《塞外大漠》侯博瀚（北京），花鸟画家，美术评论家。

▼ 香妃陵

① 香妃陵寝：指香妃墓（阿帕霍加墓），位于新疆喀什市东郊 5 千米的浩罕村，是典型的伊斯兰式古陵墓建筑。始建于 1640 年，墓内葬有同一家族的五代 72 人。整个陵园是一组构筑得十分精美宏伟的古建筑，陵墓由门楼、大小礼拜寺、教经堂和主墓室五部分组成。乾隆：清高宗（爱新觉罗·弘历）年号（1736—1795 年）。

② 莫尔佛塔：新疆喀什东 30 千米处，始建于唐代，现已荒废，只存遗址。

雾灵八景[1]

龙潭瀑布挂前川，金山刀削黄灿灿。
观音送子续香火，青蛙苍鹰类人猿。

一缕夕阳沐仙女，寿桃纳福数万年。
仰天阿弥俩佛爷，雄狮回眸等安闲。

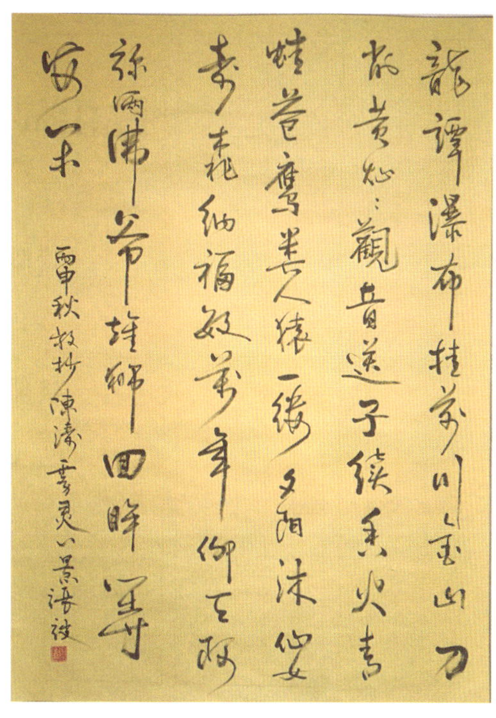

▲《雾灵八景》张弢（济宁市），山东省书法家协会会员，济宁市文联原党组书记、主席，现济宁市文化和旅游局局长。

▼雾灵景观

① 雾灵八景，即雾灵山八处景观，每句为一处，前四景景区有标示介绍，后四景为作者观察自然景观想象提炼而成。

微山湖上的冬天[1]

残阳淡白，
一片肃杀。
机船轰鸣，
游弋冷坝[2]。

▲ 冬天的湖

① 深冬日，一叶孤舟在微山湖上独行，残阳西下，柴油机的声响划破空荡、寂静的湖面。

② 坝：指微山湖二级坝。1958 年 6 月至 1960 年 10 月，在南四湖上兴建了拦湖坝、溢洪道、一闸、船闸、水电站等工程。坝全长 5624 米。至 1975 年修建了四节制闸。一、二、三闸至今发挥作用，四闸尚属旱闸。

槐花香味飘山谷

弯弯山道绵起伏，
野槐层叠遍山谷。
春末风惹花枝闹，
清香迷漫串串熟。

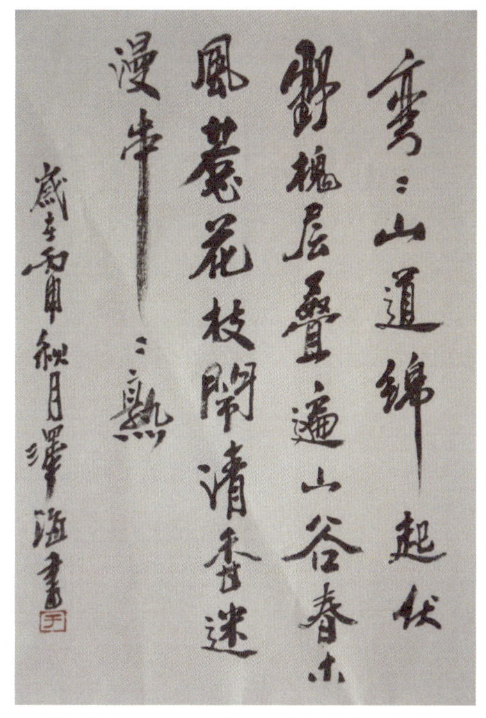

▲《槐花香味飘山谷》于泽海（滨州市），滨州市美协主席。

◀雾山花香

荷

水急泥污奈我何，根生种出一样多。
沼泽坑塘遍湖泊，酷夏馨香姣月色。

亭亭玉立秀山河，纯净翠墨绿婆娑。
洁白红粉妖摇曳，清风送爽邀嫦娥。

▼荷塘

石门山偶遇京友[1]

石门月雾阁，
山风穿亭过。
尚任桃花扇[2]，
千古万象和[3]。

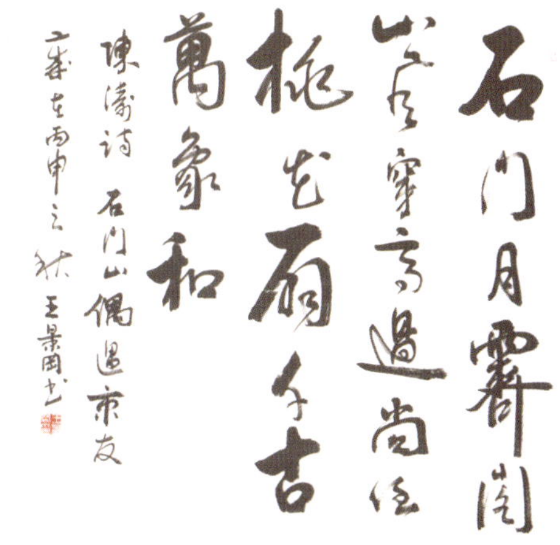

▲《石门山偶遇京友》王景冈（济宁市），任城区儒家书画院法人院长，任城区书法家协会副主席。

◀山门

① 初春时，家人一同游山东省曲阜市石门山，偶遇素不相识的北京张拯先生一行。他们游兴很浓，众人异口同声让张先生吟诗一首，十分钟后，张先生用一张小发票背面写诗一首“初登曲阜石门山，有佛有仙有圣贤。万佛亭下玉带壁，南眺苍翠小黄山”。——《曲阜登石门山有感》。作者当时也有些诗兴，用手机写下这首诗，与张拯先生交流。从此，成为朋友，至今联系。

② 孔尚任：清戏曲家。山东曲阜人，孔子六十四代孙。初隐居石门山中，康熙帝南巡至曲阜时，被召讲经，破格授国子监博士，累迁户部主事、员外郎等职。经十余年时间，于 1699 年写成传奇剧本《桃花扇》。另有诗文集《湖海集》《岸堂文集》《长留集》等。

③ 万象：宇宙间的一切事物或现象。

拉市海[①]

高原镜湖映雪山，
禽鸟翱翔白蓝天。
华球沙鸭栖安然[②]，
轻摇小船水草间。

▲ 自由

① 拉市海，是丽江境内最大的高原湖泊，如镜的湖面倒映着玉龙雪山，越冬水鸟或展翅于蓝天白云间或安然栖息。

② 华球沙鸭，是一种珍稀鸟类，全国不足 100 只。

茶马古道①

跨马叮当古道长，
原始森林蔽日光。
崇山峻岭今尚在，
不见往昔茶马帮。

▲《茶马古道》韩应勋（济宁市），山东省美术家协会会员、书画协会理事，济宁市青年美术家协会副主席，青年书法家协会、济宁市美术家协会主席团成员，民盟书画院院长。

◀穿越

① 茶马古道，它是中国西南一条古老的网状国际贸易通道，经过云南、四川、西藏等地区，可分为川藏、滇藏两条主线，向西延伸到印度、西亚，向南延伸到越南、缅甸、老挝。交易的货物有茶、马匹、手工艺品、丝绸、药材等。其中以茶、马交易为主，运输方式均为马帮，故被世人称为“茶马古道”。

冬游九寨沟[①]

数九寒冬入九寨，冰雪覆山路险难。
空旷寂静绝飞鸟，九拐曲弯矗群巅。

藏羌彩幡山涧展，二百海子孔雀兰[②]。
四千飞瀑鸣沟壑，玉树冰雕刻满山。

▼冬天的九寨沟

① 九寨沟：是长江水系嘉陵江源头的一条大支沟，海拔 2000 ~ 4300 米。因周围有盘信、彭布、故洼等九个藏族村寨而得名。

② 海子：高山湖泊。

夜临万福河小码头[1]

万福河呀洙水河[2]，
摇着铁船对岸摸。
蛐声蛙声两岸和，
风月寂静野空阔。

▼运河新码头

① 万福河：发源于定陶县仿山洼，全长151千米，流域面积6114平方千米。
② 洙水河：洙水河现发源于山东省菏泽市巨野县毛张庄，全长49千米，流域面积571平方千米，于山东省济宁市任城区的王贵屯东入南四湖。

小小石头

▲ 奇山

图案形状无规则，
天涯海角任蹉跎。
古往今来又何去？
见证沧桑缄沉默。

地壳矿物那是我，
风沙泥土水打磨。
庙碑建筑欣饰品，
赤黄青黑白本色[①]。

▲ 龙石

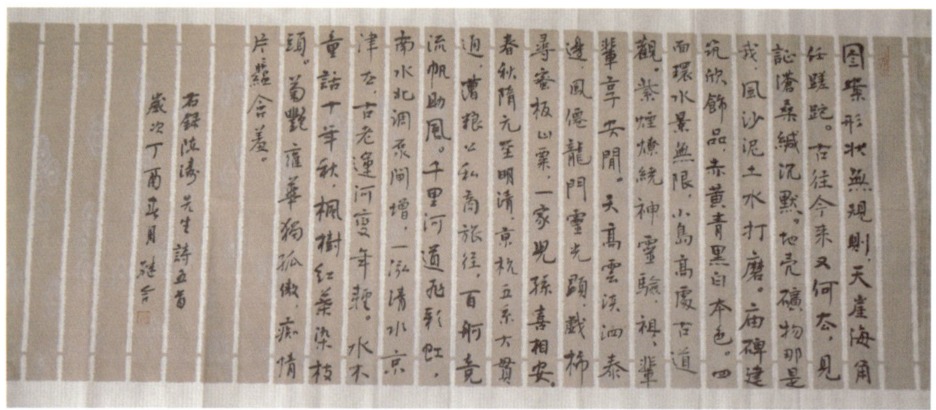

▲《小小石头》 高继合（微山县），县人大常委会委员，办公室副主任，研究室主任。

---

① 赤、黄、青、黑、白，分别对应五行中的金、木、水、火、土。“赤”，则是今天的“红”。

荷园[1]

亭桥廊回翠绿间，
荷莲碧水接远天。
粉黛含羞婀娜姿，
凉风清香人忘还。

▲ 园之美

① 荷园，位于微山湖微山岛。

雨中湖

初伏乌云布满天[①]，暴雨雷声电光闪。
倾盆如注恣横流，河道库塘超警线。

清黄劈开北湖湾[②]，湛蓝混浊各半边。
纱幔缭绕飘水面，波涛汹涌只向前。

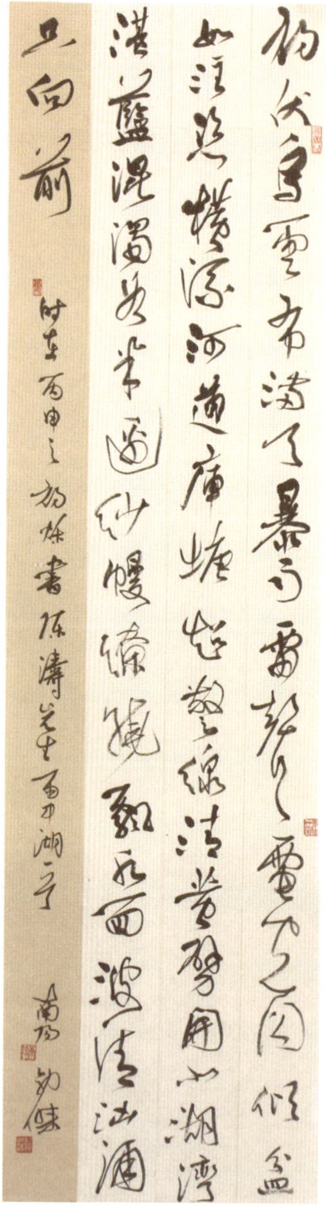

▲《雨中湖》郭杰，山东省书法家协会会员。

▲ 湖山色

① 初伏，夏至后的第三个庚日，是三伏头一伏的第一天。也叫头伏。

② 雨水冲入湖中，出现了从南到北泾渭分明的现象，湖的东半部湖水湛清，湖的西半部混黄的自然奇观。

初霜

东方微泛光，天空未放亮。
昨夜息早晚，今晨依往常。
湖面飘白帐，地上铺银霜。
解衣跃水中，寒冷袭身上。
野鸭忽隐藏，白鹭戏水忙。
鱼虾偶尔跃，疑我是同行。
芦苇风中晃，太阳渐辉煌。
蓝天白云飘，身心灵魂爽。

▼湿地的初秋

游天门[1]

昆仑天山连两端，
天门巍峨矗深山。
乌恰西阳最为晚[2]，
欲寻朝辉待明天。

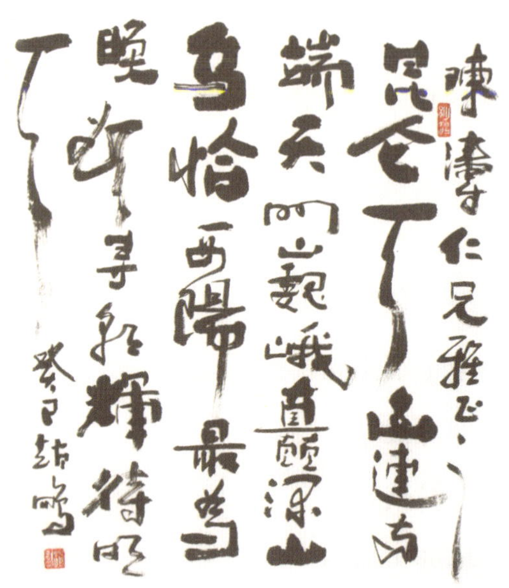

▲《游天门》赵鹏（泰安市），中国悬顶书法家创始人，中国书法家协会会员。

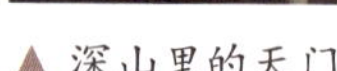

▲ 深山里的天门

① 天门：昆仑山脉与天山南脉连接处，阿克萨依山，海拔 6102 米，自然形成高近百米、宽 80 多米的弓形山门。
② 乌恰：中国最西部的城镇。中国境内最后一缕夕阳从此落下。

明月思[1]

明月微斜东南方，
几片白云绕身旁。
万年冰洁似碧玉，
地球卫士不张扬。

▲《明月思》 苏丽萍（济宁市）

① 月球：围绕地球转动的卫星，表面凹凸不平，本身不发光，只能反射太阳的光，直径约为地球直径的四分之一，引力相当于地球的六分之一。通称月亮。

养马岛[1]

▼ 奔腾

始皇东巡见草丰[2]，指令养马专御用。
山光海色秀如画，群马奔腾岛得名。

獐岛岩画十八洞[3]，嶙峋波涛拍岸惊。
良港沙滩暑寒无，东方夏威夷美称。

▼ 养马岛之獐岛

① 养马岛地处黄海之中，总面积 10 平方千米，距山东省烟台市区 30 千米。岛上丘陵起伏，草木葱茏，山光海色秀丽如画，海岛呈东北——西南走向，地势南缓北峭，年平均气温 11.8℃，素有“东方夏威夷”之美称。盛产海产品。

② 据记载，公元前 219 年，秦始皇东巡途经此地，指令养马，皇家御用，因而此岛得名。

③ 獐岛天然岩画，岩性主要为灰白色大理岩，内含方解石、白云石、透辉石、斜长石、石英等多种矿物成分，经千万年的风吹涛蚀，水镌浪刻，形成了形象逼真、变幻莫测的独特景观。

观石

一石一天地，自然献灵气。
无音诗词赋，精华神韵曲。

日月山川育，不朽图画奇。
鬼斧神工造，禅悟园斋聚。[1]

▲ 山石

① 我国素有“园无石不秀，斋无石不雅”之说。禅悟，在雅石、寿石、石玩中神游。赏石，顿悟入禅，回归自然。

海

潮汐年年几起落[1]，
一往无前不停歇。
风惹海水掀巨浪，
岛礁岩石任蹉跎。

惊涛波壮雄浑阔，
资源宝藏无穷竭。
湛蓝柔情美婆娑，
博大浩瀚天一色。

▲ 海

▲《观海听涛》 王建华，中国美术家协会会员，文化部中国（北京）水墨研究院艺术委员会主任。

① 潮汐，由于月亮和太阳的吸引力作用，海洋水面发生的定时涨落现象。

幸福的一家[①]

（一）

春寒水解冻，野雁一对行。
嬉戏北湖湾，和煦沐春风。

（二）

夏晨旭日升，草间芦苇丛。
三只小雏雁，一家乐融融。

（三）

深秋瑟瑟冷，羽翼翅膀硬。
身强体力壮，翱翔速腾空。

（四）

雪飘大地封，展翅迁徙中。
愿祈万生灵，和谐化永恒。

---

① 作者常年在济宁市太白湖湾游泳。初春时，发现一对野雁在湖面游曳。到了夏天，发现有三只羽毛稀疏的雏雁在两只大雁陪伴下游耍。秋天时，三只野雁似乎已长成与父母一般大小。一直到湖水封冻前，它们一家仍在湖面枯萎的水草上觅食。下雪了，湖面结了冰，五只野雁已不知了去向。

海岛观日出

东方微泛明，风高巨浪涌。
五彩云卷舒，海鸥展翅雄。

朝霞洒天空，旭日喷薄升。
田野无人踪，惊涛震耳鸣。

▼海上日出

泳者与野鸭对话

灰雾细雨天，
沙帐缠湖面。
秋风瑟瑟寒，
野鸭一片片。

泳者水里钻，
轻移问候安。
扇翅呱呱叫，
人要呵自然。

▲《泳者与野鸭对话》胡春启（嘉祥），济宁市书法家协会会员，嘉祥县书法家协会理事。

历史篇

独岛道观[1]

四面环水景无限，
小岛高处古道观。
紫烟缭绕神灵验，
祖祖辈辈享安闲。

▲《独岛道观》刘霖（微山县），中国书法家协会会员，济宁市书法家协会副主席，微山县书法家协会主席。

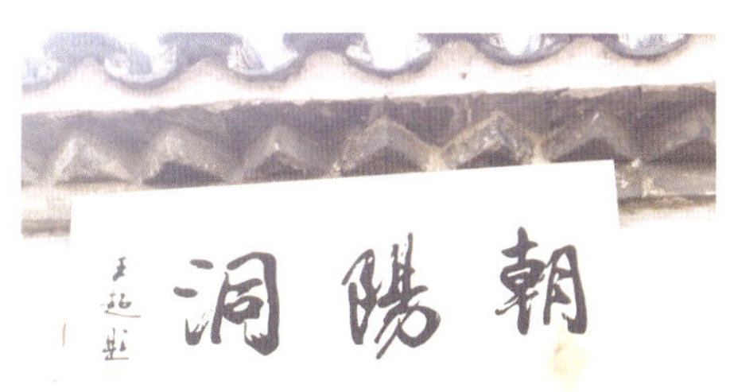

◀微山湖朝阳洞

① 独岛：指微山湖的独山岛。道观：道教的建筑。

鱼城孔庙大殿[1]

红柱彩瓦松柏青，
孔庙大殿独安静。
康乾倏忽三百年，
四周教室读书声。

▲ 鱼城孔庙大殿

① 鱼城孔庙大殿：位于济宁市鱼台县鱼城镇鱼城中学院内，建于清代，现只存一座孤殿。

姜子牙[1]

子牙商末出东海，坎坷一生磨难多。
军政经济兼天下，辅周励图灭朝歌。

八十三岁拜丞相，谁说无力治齐国？
文韬武略师尚父，后人筑庙续香火。

▼春湖

① 姜子牙：吕氏，名望，姜姓，一说字子牙，周代齐国的始祖。西周初年官太师（武官名），也称师尚父。辅佐武王灭商有功，封于齐，有太公之称，俗称姜太公。兵书《六韬》，是战国时人托名太公文。山东省鱼台县李阁镇现存唐贞观初年姜太公庙遗址。2012 年济宁市政府批准为文物保护单位。

▲《仓央嘉措》汤鲁明（济宁市），济宁市青年书协副主席，济宁市任城区书法家协会副主席兼秘书长。

仓央嘉措[①]

罗桑涅槃十五秋[②]，桑结第巴秘匿丧[③]。
转世灵童迟坐床[④]，形同虚设权落旁。

才情英俊多倜傥，拉萨八廓酒肆坊[⑤]。
情道赋诗藏传广[⑥]，堪比英雄萨尔王[⑦]。

---

① 仓央嘉措，是六世达赖喇嘛。1683 年 3 月 1 日降生在藏南地区门隅那错县邬金林。他的人生从一开始就埋下了悲剧的种子。1697 年 10 月 26 日仓央嘉措在康熙帝的支持下，十五岁才坐床，成为达赖六世。然而，第巴桑结嘉措依然不肯交出权力，让六世达赖成为他的傀儡。他向往自由和爱情，不在乎什么身份地位；他游乐于拉萨夜晚的街区，扮作俗人享受醇美的青稞酒，享受爱情，他是一位富有才华的诗人。他传奇人生的真实结局至今是一个谜。有说法是他被政敌杀害于押解京师路上，还有说法是他在青海湖自沉。有人更愿意相信他在五台山坐化或在内蒙古阿拉善传法的结局。但无论怎样，在漫天花雨中来到人世、双脚沾染了俗世泥土 24 年的活佛，像流星一样划过天际，让灵魂在藏地广阔的天空自由永恒飞翔。

② 罗桑：五世达赖阿旺罗桑嘉措。

③ 桑结：仲麦巴·桑结嘉措（1653—1705 年），政治家、第五世第巴，也是一位具有极高学术造诣的学者。第巴：旧时西藏地方政府管理卫藏行政事务最高官员名称的藏语音译。

④ 转世灵童：指仓央嘉措。

⑤ 八廓：指八廓街。在拉萨旧城区，是当地著名的转经道，也是商业中心。

⑥ 情道：对于仓央嘉措的诗歌作品究竟是令世人倾倒的情歌还是宗教作品的道歌，现在普遍带有争议。

⑦ 萨尔王：指格萨尔王（1038—1119 年），藏族著名英雄首领。一生戎马，扬善抑恶，南征北战，统一 150 多个大小部落。传说中格萨尔王是莲花生大师化身，一生除暴安良，弘扬佛法，成为藏族人民世代缅怀敬仰的一位旷世英雄。

西藏

世界三极珠穆峰[①]，
圣洁天堂布达宫[②]。
觉康辉煌大昭寺[③]，
地热发电羊八井[④]。

▼ 彩幡

① 珠穆峰：珠穆朗玛峰，是喜马拉雅山脉的主峰，也是世界第一高峰，海拔 8848.86 米。
② 布达宫：布达拉宫。始建于公元 7 世纪，迄今为止已有 1300 多年历史。位于西藏拉萨市北部一座小山上。由寝宫、佛殿、僧舍等 1000 间组成。主体建筑分为红宫和白宫，宫内有大量的壁画，形成一座巨大的绘画艺术长廊。
③ “觉康”：藏语意为佛殿。大昭寺位于拉萨，占地 25100 平方米，在藏传佛教中拥有至高无上的地位，是西藏第一座寺庙。
④ 羊八井：位于念青唐古拉山当雄县境内山谷盆地中，面积 100 多平方千米，热气弥漫，蒸汽灼人，这里是全国最大的地热发电站。

杨家埠[①]

民俗奇葩杨家埠，迄今六百四十年。
牌坊城墙禄寿福，古井长亭枯树干。

青砖灰瓦高台屋，石磨老碾店铺面。
木版年画花烂漫[②]，风筝似龙翱九天。

▼ 潍坊杨家埠

① 杨家埠：村名，位于山东半岛北部，世界风筝之都潍坊市寒亭区，全村320户，1142口人，辖地18.2平方千米，耕地1764亩，历史悠久，文化灿烂，明古槐与明古屋闻名遐迩；木版年画、风筝誉满全球。

② 木版年画，木版水印又称“木刻水印”。我国传统的刻版印刷方法之一。主要用以复制书法绘画等艺术品。

印记[1]

▲《小青和白娘子》沈鸿浩，中国美术家协会会员。

国困家贫乏菜饭，兄弟四人衣衫褴[2]。
家母椎间几近瘫[3]，板车载母寻医贤。

良医诊治少收款，哥俩拉套五角钱[4]。
细粮白米换杂面[5]，清水蒸煮狼虎咽。

▼难觅的印记

---

① 20 世纪 60 年代初。
② 作者兄弟四人排行老三。计划经济时代物资匮乏，城市人口实行按人按量按票供应生活物资。
③ 母亲患坐骨神经痛、腰椎间盘突出等疾病。
④ 作者的两个哥哥去济宁京杭大运河桥帮人拉地排车，每趟 2 分钱，一天下来能挣 3 ~ 5 毛钱。
⑤ 用粮本计划的麦面和大米能多换地瓜、玉米和高粱面粉。

卧龙孔明

汉末阳都诸葛亮，琅琊沂汶蒙故乡。
英霸儒雅少已显，隆中修学耕四方。

许备驱驰事二主，呕心沥血三分疆。
二十七载天下事，华夏妇孺世代扬。

▲ 卧龙孔明

知青打井[1]

骑车进城购物料，
选址架钻排班干。
工程过半衣衫湿，
同伴叫停嘴骂憨。

苦口婆心个个劝，
吃水洁净大家盼。
复工午夜十一点，
清泉流出泪洗面。

▲老井

① 1976 年冬季，为解决知青组近 30 人的吃水问题，知青组决定打压水井，天寒地冻，工程过半，有一位同伴闹意见，谁干骂谁，甚至动手打人。经过耐心细致做工作，终于恢复工程，最终打井成功。当清清的井水涌出时，身为知青组长的作者泪流满面。

伏羲庙[1]

北依凤凰南面湖，山水伏羲庙网蛛。
云台石阶残断壁，夏秋草荒冬春芜。

▼ 千年古柏

① 伏羲庙：位于山东省微山县两城乡刘庄村，北依凤凰山，南对独山湖，始建年代不详。原为一组完整的建筑群体，在高 4 米、边长 150 余米砌成的方台之上。正殿“伏羲殿”，前有三圣阁，后有女娲殿、前庙门和钟鼓二楼等，总面积 3000 多平方米，元、明、清皆有重修。但如今的伏羲庙，已毁于自然和人为破坏，仅存伏羲殿。颓垣断壁，残破荒凉。

铁塔

崇觉铁塔九层高[①]，
铁壳砖心呈八角。
七级浮屠佛像尊[②]，
垂挂风铎翼斗翘[③]。

斗拱四垛檐内收，
回廊栏板玲珑透。
莲座宝顶鎏金刹[④]，
八百余年风雨秀。

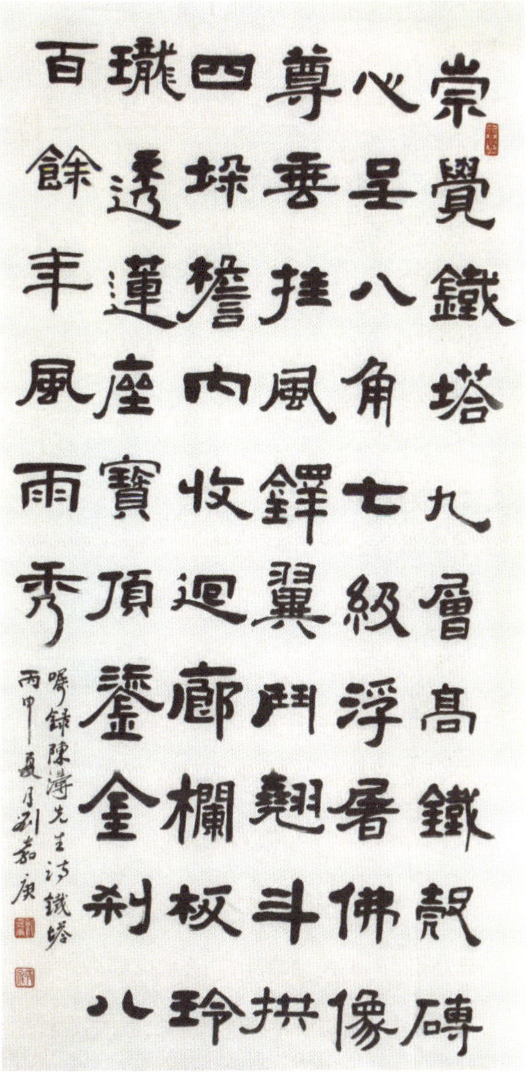

▲《铁塔》 刘家庚（济宁市），济宁市书法家协会副主席。

① 崇觉：崇觉寺，始建于北朝东魏年间，现已毁。铁塔：崇觉寺铁塔。位于济宁市区铁塔寺街北侧，始建于北宋崇宁四年（1105 年）。

② 七级浮屠：徐永安之妻常氏为夫还愿，在寺内建浮屠七级，未及铸顶，因变故停工。明万历九年（1581 年），由济宁道龚勉集资增补 2 层并加铸铜质鎏金塔刹，至此塔成。四面皆铸凸面佛像 56 尊。

③ 风铎：古时宣布法令或战时用的大铃，铃铎。

④ 刹：佛教寺庙。

丘处机[1]

启发弃兄师重阳[2]，众荐长春全真教[3]。
磻溪龙门励图志[4]，应诏西行释汗骄[5]。

马背皇帝嗜血狂，神仙生死如实道[6]。
木真顿悟罢干戈[7]，真人东还千秋高[8]。

◀《丘处机》马辉，山东省书法家协会会员。

① 丘处机（1148—1227年），亦名邱处机。字启发，号长春子，山东登州栖霞县豆村人。道教全真北七真人之一。元世祖忽必烈褒赠“长春演道主教真人”封号，世号长春真人。北京白云观有丘处机遗骨埋葬处。著有《摄生消息论》《大丹直指》《磻溪集》等。

② 丘处机小时候父母双亡，兄嫂养大，十九岁时在宁海（今牟平）拜王重阳为师。

③ 全真教七子之马丹阳、刘长生、王玉阳、郝太古、谭长真恳荐丘启发，祖师王重阳乃收为弟子出家而为全真，赐道号“长春”。

④ 磻溪位于凤翔虢县界，北流二十里入渭水。公元1174年冬，丘处机孤身一人来到磻溪苦修六年。龙门山位于陇州西北，公元1180年33岁的丘处机迁此继续清修七年。十三年苦行生涯，声名享誉关陇。

⑤ 丘处机被成吉思汗诚恳征召西行。汗，指成吉思汗。在阿富汗和呼罗珊地区大汗行宫宝帐，丘处机“雪山论道”，被封“神仙”。大汗聆听真人教诲，深得精妙，命手下人用蒙、汉两种文字记录珍藏。

⑥ 丘处机面对一位异族嗜血好杀马上皇帝征召他求长生之药，他如实回答：“无长生之药，只有保健防病的方法”，他恪守“存无为而行有为”的实践，与成吉思汗结下了友谊。

⑦ 木真：铁木真，即成吉思汗。

⑧ 真人，指丘处机。丘处机被太元祖尊为国师，总领道教，西去东还后，道教发展空前绝后。

太白楼[1]

初始唐贺为酒楼[2]，诗仙荒宴常聚首[3]。
咸通沈光记篆书[4]，宋元葺建明迁修[5]。

青砖灰瓦栏绕游，两层檐歇太白楼。
诗酒英豪三公像[6]，手书壮观方碑斗[7]。

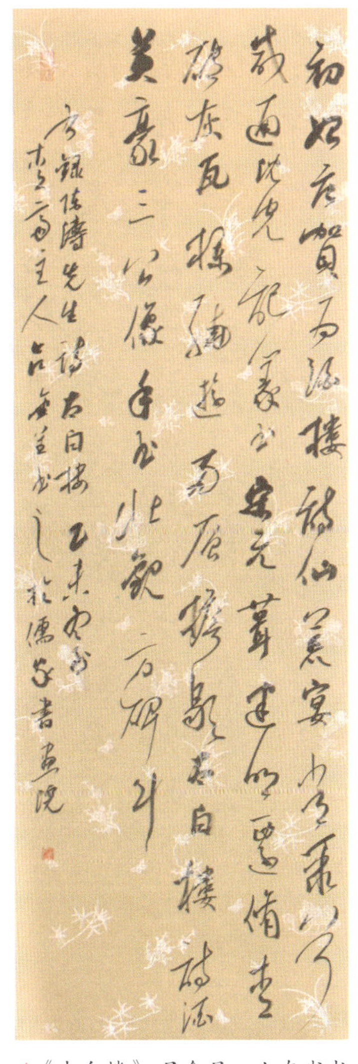

▲《太白楼》吕金呈，山东省书法家协会会员。

▲ 济宁太白楼

① 太白楼：太白酒楼，位于济宁市任城区古运河北岸。
② 唐朝时，最初原为贺兰氏经营的酒楼。
③ 诗仙：李白。荒宴：李白常在酒楼宴饮。
④ 咸通：唐懿宗年号（公元 859—873 年）。唐时沈光为该酒楼篆书“太白酒楼”并作《李翰林酒楼记》。
⑤ 宋朝、元朝时代修葺或重建太白楼。明洪武年间依原样迁移到现在位置，去掉“酒”字，正名“太白楼”留传至今。
⑥ 三公像：李白、杜甫、贺知章三公画像石。
⑦ 存有李白手书“壮观”斗字方碑。

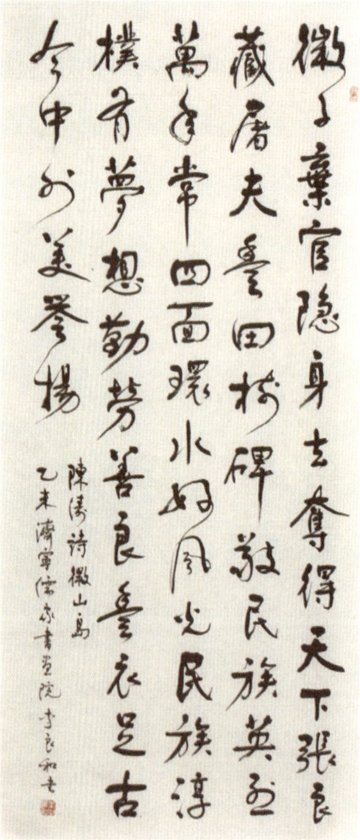

▲《微山岛》李良和，山东省书法家协会会员。

微山岛[1]

微子弃官隐身藏[2]，
司马子鱼景贤葬[3]。
天下平定子房退[4]，
丰田屠夫树碑仰[5]。

湖光山色好风光，
民族英烈万年常[6]。
勤劳善良风淳朴，
古今中外美誉扬。

---

① 微山岛，是微山湖内最大的岛屿，也是中国北方最大的内陆岛，东西长 5 千米，南北宽 2.5 千米，面积 9 平方千米。

② 微子：名启，是殷帝乙的长子，殷纣王的同母庶兄，孔子及宋襄公之祖。因反对纣王的暴政而出走，死后葬于微山岛西湖内。

③ 司马子鱼：即目夷，春秋时宋国人，殷微子的后代。公元前 652 年，宋襄公曾请求让位于庶兄目夷，目夷坚辞不受，于是襄公即位后便任用目夷为古师，让其主管国家政务。由于目夷景仰微子，因此死后葬于微山岛。

④ 子房：张良，汉初大臣。封留侯，世居于此，张良死后葬于此。符合中国人“落叶归根”的习俗。汉时，微山湖原本是山而并非湖，至唐之前，这里一直保持着繁华景象。曾是鲁南政治经济文化中心。

⑤ 屠夫：指侵华日军。抗日战争时期，日军丰田部队侵占微山岛，当看到殷微子墓时，他们找了一块碑，在反面刻上“殷微子墓”，落款“丰田部队”，这块双面碑现存微山岛。

⑥ 抗日战争时期，“铁道游击队”在湖面上与日军周旋战斗，芦荡飞舟、巧设鱼钩阵、扒火车、炸桥梁，微山岛是著名的抗日根据地。建有抗日英烈纪念园。

镗浪圈[1]

钢条定圆圈，
铁环围缠绕。
持钩推前跑，
悦声真美妙。

▲ 房边的石碾

◀《女思图》岳海波，中国美术家协会会员，山东省书画协会副会长。

① 20 世纪 60 年代小孩自制的一种玩具。现在北方一些旅游景点能看到销售。

▼纳西人家

丽江古城

宋元明清八百年，纳西木屋彩石面。
小桥流水似姑苏，四通八达溪潺潺。

玉龙雪山佑大研①，天雨流芳拜普贤。
狮山卧城万古楼②，水车惬意人悠然。

▼丽江古城一隅

① 大研，即我们常说的丽江古城大研古镇。古城中的木质结构小楼最高不过三层，纳西建筑风格，抬头就能看到玉龙雪山。

② 因山形象卧睡的狮子而得名。万古楼位于狮子山顶，五层重檐木质结构 33 米，取纳西语“温古”之谐音而得名。

木府[1]

圣旨忠义石狮坊，
迎墙霞客书丽王。
纳西木府仿紫禁，
规模宏大议事堂。

励精图治虎皮椅，
万卷图书天禄上。
为国干城护法殿，
天威咫尺鸣泉响。

▲《木府》 刘书军（济南），山东省美术家协会副会长。

◀木府迎墙

① 木府，明代的丽江土司府，位于古城西南，是一座仿紫禁城的纳西宫廷式建筑。明徐霞客曾叹木府“宫室之丽，拟于王者”。

再赴商丘有感

方域香君凄美泪[①]，张巡忠唐心无愧[②]。
禄山尹达围十月[③]，粮草雀鼠尽无炊。

古城“一三”四尚书[④]，天圆地方绕城水。
阏台天文祭节气[⑤]，中原粮仓祷轮回。

古铺

① 方域：即侯方域，明末清初人。祖籍河南商丘。与明末方以智、陈贞慧、冒襄齐名，称“四公子”，能诗文。有《壮悔堂文集》《四忆堂诗集》。香君：即李香君，明末歌伎。曾在秦淮河与侯方域相识，力劝其勿与阮大铖接近。方域下第离南京时，置酒相送，暗示他应当爱重名节。后拒绝接待仗势巡抚田仰。孔尚任《桃花扇》即以其事为题材。

② 张巡：唐邓州南阳（今河南）人。开元进士。安史之乱时，抵抗安禄山军。守睢阳（今河南商丘）数月，粮草尽，无援兵，城失守，坚不屈，遭杀害。

③ 禄山：即安禄山，唐营州柳城（今辽宁朝阳南）胡人。懂九蕃语言，骁勇善战，因战功任平卢兵马使、营州都督等。后兼任平卢、范阳、河东三节度使。有十五万之众。公元 755 年冬在范阳起兵叛乱，史称“安史之乱”。

④ “一三”：1.3 平方千米的小古城。

⑤ 阏：火神，知天文。

雨游南阳古镇[1]

雾雨蒙蒙初秋天，大珠小珠跃湖面。
鸭燕戏水荷花艳，帆影片片入云端。

古镇南阳六百年，康乾经此下江南[2]。
石板老街货客栈，状元公所化云烟[3]。

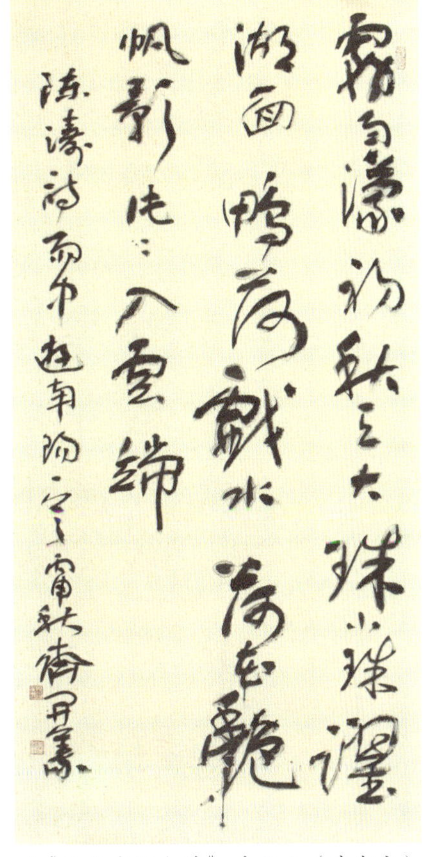

▲《雨游南阳古镇》 齐开义（济宁市），中国书法家协会会员，中国博物馆学会会员，山东省书法协会理事。

◀古商街

① 南阳古镇：指微山湖南阳岛镇。

② 康：指康熙，清圣祖（爱新觉罗·玄烨）年号（公元 1662—1722 年）。乾：指乾隆，清高宗（爱新觉罗·弘历）年号（公元 1736—1795 年）。京杭运河主河道经过南阳镇。

③ 状元：科举时代殿试第一名称“状元”。南阳岛上建有状元楼。公所：旧时乡、区政府等基层组织。民国时期南阳镇设置乡公所，现存遗址。

▲《游梁山》赵际芳（北京），《中国书法》杂志副主编。哲学博士，艺术学博士后，中国书法家协会会员。

游梁山①

天南地北聚梁山，
后山一泓似当年。
小孙稚声唤山涧，
英雄烟尘早遥远。

替天行道杏黄飘②，
忠义堂前舞枪刀。
蓼儿洼中藏蛟龙③，
宛子城里聚英豪④。

▶ 好汉城

---

① 梁山：汉时一作良山。县名。在山东省西南部，东平湖西，黄河南岸，邻接河南省。古迹梁山泊遗址。

② 北宋末年（公元 1110 年）宋江领导农民起义，打出“替天行道”旗号，活动于今山东、河南一带，公元 1121 年被朝廷所镇压。

③ 蓼儿洼：指北宋时梁山有 800 里水泊，水清而深。

④ 宛子城：指水浒山寨。就是古代为防御而修建的寨墙。英豪：指梁山 108 将。

端午 ①

战国硝烟屈原魂 ②，
楚辞《离骚》向《天问》③。
汨罗沉江忠可鉴 ④，
使得粽香万古馨。

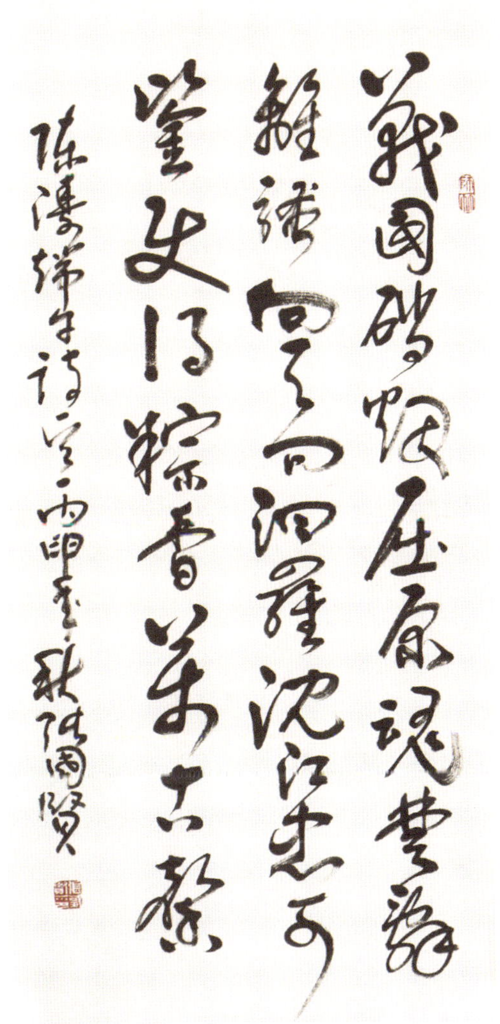

▲《端午》张国贤（济宁市），山东省书法家协会会员，兖州矿务局圣地书画院名誉院长。

---

① 端午：阴历五月初五，民间节日。本名“端五”，亦名“端阳”“重五”“重午”。泛指初五。为了纪念古代爱国主义诗人屈原，把这一天作为节日，有吃粽子、赛龙舟等习俗。

② 战国：中国历史上的一个时代（公元前 475—前 221 年）。屈原（约公元前 340—前 278 年），我国著名的爱国主义诗人。名平，字原，战国楚人。

③ 楚辞：吸收了南方民歌的精华，融合了古代神话和传说，创造出了新体诗——“楚辞”。伟大的诗人屈原，是楚辞体的创始人和代表作家。《离骚》《天问》是屈原的代表作品。

④ 汨罗：江名，发源于江西，流入湖南。

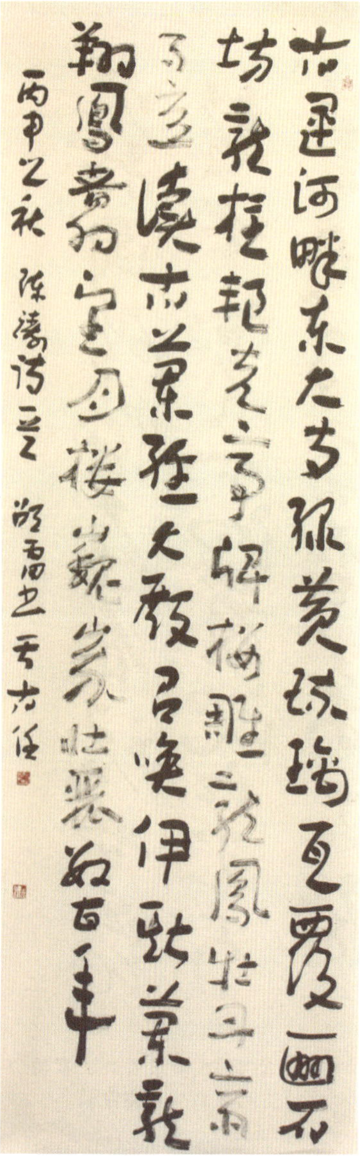

▲《东大寺》邵雷，中国书法家协会会员。

东大寺[①]

古运河畔东大寺，绿黄琉璃瓦覆面。
石坊龙柱邦克亭，牌楼雕龙凤牡丹。

斋月宣读《古兰经》[②]，大殿召唤伊斯兰[③]。
龙翔凤翥望月楼，巍峨壮丽数百年。

▲ 东大寺

---

① 东大寺：又称顺河东寺。位于山东省济宁市任城区古运河西岸，始建于明初洪武年间，是伊斯兰教礼拜寺。主要建筑依次为序寺、大殿、望月楼三部分，建筑面积 4184 平方米。

② 斋月：伊斯兰教在封斋期间的一个月，即伊斯兰教历的九月。《古兰经》：伊斯兰教的经典。

③ 伊斯兰：即伊斯兰教，世界上三大宗教之一，公元 7 世纪初阿拉伯人穆罕默德所创，盛行于亚洲西部和非洲北部。唐代传入我国。在我国也叫清真、回教。

曹公亭

汉末迎公兖州牧[①]，
屯兵羊山击徐青[②]。
大书衮雪战吕布[③]，
千年沧桑曹公亭。

▲ 曹操墨迹

① 公元 192 年，青州黄巾军杀兖州刺史刘岱，兖州地方官出西迎曹操为兖州牧。

② 曹操屯兵羊山，可东击青州，南袭徐州。

③ 曹操由此发兵与吕布大战淮阳，并手书“衮雪”二字。吕布：东汉末五原郡九原县（今内蒙古包头西北）人，字奉先。任奋威将军，封温侯，割据徐州。后为曹操所败，被擒杀。

吕家宅院[①]

晚清贡生吕半城，商铺义号遍济宁。
宅院卖与一贯道[②]，海棠丁香暗无声[③]。

忽如一夜沐春风，硬山顶覆灰瓦情[④]。
一湾清水庭异树，半岭夕阳映花红。

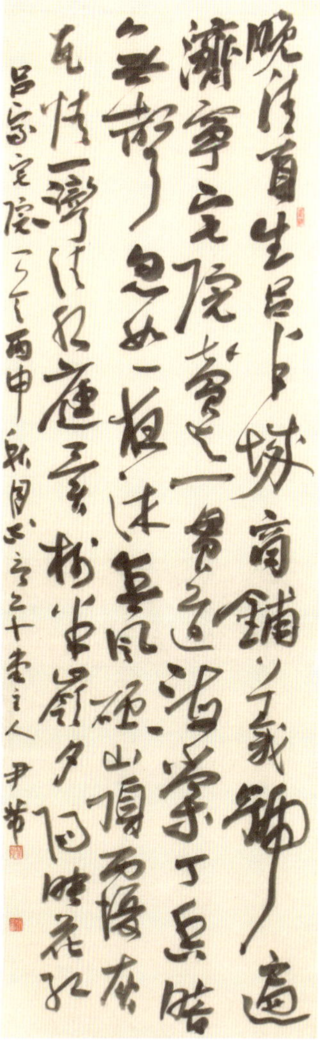

▲《吕家宅院》尹芾，中国书法家协会会员。

▲济宁吕家宅院

---

① 吕家宅院：位于山东省济宁任城区财神阁街路北，是晚清贡生吕德镇的私人住宅。吕德镇初举孝廉方正，民国初为众议院议员，济宁首富，义字号商铺遍布济宁，曾有“吕半城”之称。后吕氏守业无方，将宅院卖给“一贯道”头子张天然。新中国成立后，成为中共济宁市委驻地，1968 年改作机关招待所。原来建筑仅存二进院落。

② 一贯道：又名“中华道德慈善会”，反动会道门之一，起初源于山东。抗日战争时期投靠日本帝国主义并为其效劳。后又被国民党反动派控制利用。新中国成立后，人民政府明令取缔。这里指吕氏后人把宅院卖与济宁“一贯道”头子张天然。

③ 第一进院正堂为海棠苑，第二进院正堂为丁香苑。

④ 硬山，我国传统建筑双坡屋顶形式之一。

荒王陵

前有朱雀后玄武，左见青龙右白虎。
四方神位白马泉，鲁王朱檀风水墓。

丹术长生毒薨逝，谥号荒王恰归宿。
九龙凿石深地宫，王陵规制显赫殊。

▼ 明楼

游孟母林感[①]

东周形成祠宋建[②]，元树墓碑明宣献[③]。
置田设户修神道[④]，圆丘享殿松参天。

孟母教子家三迁，断布捧梭成美谈。
启圣邾国公端范[⑤]，继往开来芳流传。

▲《游孟母林感》 李福林，复旦大学中国学研究中心客座研究员，中国书画艺术委员会副主席，曲阜师范大学美术学院兼职教授。

▲ 孟母园林牌坊

① 孟母林形成于公元前 370—公元前 317 年。
② 宋景祐四年（1037 年）修林建祠。墓区周长 2744 米，占地面积 45.6 万平方米。松柏古树万余株。
③ 元代元贞元年（1295 年）修墓树碑；明正德三年（1508 年）立宣献夫人墓道碑。
④ 明万历二十五年（1597 年）置祭田，设林户 5 名守墓。
⑤ 清置一石碑，上刻“启圣邾国公端范宣献夫人神位”。

九龙山崖墓群[1]

西汉九墓群，依山大开凿。
石壁钎斧痕，千年清条条。

遥望巨规模，可叹百姓糟。
帝王将相事，云烟尽散消。

▲ 明鲁王陵牌坊

① 西汉鲁诸王的墓冢。位于山东省曲阜市九龙山南半腰处。1970 年山东省博物馆在当地驻军的配合下，发掘 4 座，出土器物 1900 余件。

玻璃球趣[①]

小手龟裂缝，
清涕挂鼻孔。
琉球地上滚，
只想快点赢。

▲ 丽江古城老石桥

① 20世纪60年代小孩玩要的游戏。

声远楼[1]

千年声远楼，
铁钟悬一口[2]。
铿訇雷万霆，
韵浑嘹九州[3]。

斗拱覆灰瓦，
脊饰吻天兽。
儿时攀玩耍，
匆匆五十秋。

千年聲遠樓鐵鐘懸一口
鏗訇雷萬霆韻渾嘹九州
斗拱覆灰瓦脊飾吻天獸
兒時攀玩耍匆匆五十秋
丙申季秋錄陈濤詩聲遠樓一首 楊如銀於三悦堂

▲《声远楼》 杨如银（嘉祥），中国硬笔书法协会会员，济宁市书法家协会主席团成员，嘉祥县书法家协会副主席兼秘书长，嘉祥县文联党组副书记、副主席。

◀声远楼

---

① 声远楼：位于济宁市区铁塔寺街铁塔东南附近，原为铁塔寺之钟楼，始建于北宋中叶，元明清多次修葺，已有近千年的历史。
② 铁钟：系宋代遗物，高 2.2 米，壁厚 0.2 米，唇周长 4.5 米，重约 7.5 吨。钟形古朴浑厚。
③ 撞击铁钟，其声“运大化而张天声，上可通乎九天，下可彻乎九地，远可达乎四境。”

▲ 陈氏祖陵牌坊

探秘家谱

初冬寻祖到古洞，四处打探陈姓踪。
中村族长忙向迎①，搬来家谱续祖宗。

元末明初战乱起，山东河南地荒脊。
洪武三番大迁徙②，先辈屯垦来鲁西③。

▲ 陈氏祖谱碑

---

① 中村：滕州市东郭镇中村。
② 洪武：明太祖（朱元璋）年号（公元 1368—1398 年）。
③ 鲁西：指枣庄滕州市东郭镇。

树叶串[1]

地委内外落满叶[2]，长线一根铁一截。
片片树叶排长龙，拖拽奔跑尘烟多。

家住南门一小院[3]，临街过道堆草垛。
山羊冬春好吃饱，多产鲜奶家母悦。

▲《竹鸟图》周文举，天津美术家协会会员。

◀树叶黄

---

① 作者小时候家境贫寒，母亲久病卧床。家中养了两只奶羊，捡拾树叶，晒干储存作为奶羊的饲料。

② 地委：指原济宁地委。

③ 南门：指济宁市（小市）南门大街。

▲《潘家大楼》邓兴书（济宁市），济宁市书法家协会会员。

潘家大楼[1]

八卦序列四面栏[2]，
木顶天井覆中间。
四角天窗合一体，
雕梁画栋硬式山。

楼堂院落群进三，
垂珠门楼粉墙面。
青石狮吼立两边，
济州民居最高点[3]。

---

① 潘家大楼，为20世纪20年代潘洪均所建的私人住宅。潘洪均曾任吴佩孚直系中央军第一旅旅长，1921年后发战争横财，回济宁兴建这一住宅。这是一组庞大豪华的近代建筑群体。

② 八卦：我国古代的一套有象征意义的符号。

③ 济州：济宁，元至元八年（1271年）升济州置府。十六年（1279年）改为路。至正八年（1348年）废。明改为州。

卞桥①

三孔石桥墩莲座，望柱清波碧水流。
中秋夜明印双月，两侧拱额雕龙首。

石狮相向桥头坐，太公垂钓鱼自游。
卞庄刺虎除三害，栏板童子花鸟兽。

▲ 卞桥夕照

◀ 卞桥路面

① 卞桥因古卞城而得名，据考证始建年代不详，于晚唐、金大定年间重修，明万历时曾进行过修补。该桥结构严谨、造型美观、工艺精湛，具有很高的历史价值和艺术价值。特别是桥板雕刻的“太公钓鱼”“卞庄刺虎”“周处除三害”“松下问童子”等故事以及山水花鸟、鱼虫走兽组成了一条石刻艺术画廊。

古柏千嶂翠合禩林廟巍豐碑高塋塚漢侯隱首睡丹心照日月忠義仁勇威關刀赤兔馬萬載熠生輝

陳濤詩 關林 丙申秋 胡晉一書

▲《关林》胡晋一（嘉祥），济宁市书法家协会会员，济宁市经开区书法家协会秘书长，嘉祥县书法家协会理事。

关林[①]

古柏千章翠，合祀林庙巍。
丰碑高茔冢，汉侯隐首睡[②]。

丹心照日月，忠义仁勇威。
关刀赤兔马[③]，万载熠生辉。

▲ 关林庙

① 河南省洛阳关林，是武圣人关羽的含元之所，始于汉末，迄今1790余年，是我国唯一林庙合祀关羽的古代经典建筑群。

② 武圣人关羽葬首之墓。

③ 关刀，一种长柄大刀，相传是关羽创制，故名。形如偃月，刀面有青龙纹，又名“偃月刀”或“青龙偃月刀”。赤兔马，相传曹操赠关羽的战马。

说八仙[①]

唐宋元明传说盛[②]，八仙救民苦难中。
善恶报应道教旨，涓涓细流浸心境。

瑞气浮生诞寿庆，蓬莱过海显神通。
海天一色化彩虹，千古神话代代颂。

▲ 八仙雕塑

① 八仙：古代神话中的八位神仙，指汉钟离、张果老、吕洞宾、铁拐李、韩湘子、曹国舅、蓝采和、何仙姑。

② 唐宋元明，朝代：唐（618—907 年），宋（960—1279 年），元（1206—1368 年），明（1368—1644 年）。

世業耕即讀家風惟
勤儉箕裘繼世長霜
露興思遠園地踰兩
萬四百八十間雕梁
畫棟閣踈密序井然
陳濤先生囑書牟氏莊園賦 丁酉春月 趙際芳於京華

▲《牟氏庄园》赵际芳（北京），《中国书法》杂志副主编。哲学博士，艺术学博士后，中国书法家协会会员。

牟氏庄园赋[①]

世业耕即读[②]，家风唯勤俭。
箕裘继世长，霜露兴思远。

园地逾两万[③]，四百八十间。
雕梁画栋阁。疏密序井然。

▼牟氏庄园

① 牟氏庄园，位于山东省烟台栖霞市，始建于清雍正年间，至 1935 年形成现存规模。耗资白银四十三万两，是我国目前保存最完整、最典型，也是我国规模最大的封建地主庄园。

② 牟氏家风家训。

③ 牟氏庄园坐北朝南，东西长 158 米，南北长 148 米，占地 2 万多平方米。建厅堂楼厢 480 多间，分三组括六院，各院沿南北中轴线，依次建大门、前厅、客厅、寝楼、东西两厢构成四合院，各院四至六进不等。明柱花窗，浮雕栩栩如生。

郑州黄河景区感怀

同盟山上二帝像，浑然天成祖炎黄[①]。
中华民族母亲河，润泽沃土源流长。

辉煌文明浸滋养，滔滔雄浑奔东方。
高原终点悬河起，凝聚民魂强我邦。

▲ 黄河母亲雕塑

① 炎黄：炎帝、黄帝。炎帝，传说中上古姜姓部族首领。号烈山氏，一作厉山氏。原居姜水流域，后向东发展到中原地区。曾与黄帝战于阪泉（今河北涿鹿东南），被打败。一说炎帝即神农氏。黄帝，传说中原各部落的共同祖先，姬姓，号轩辕氏，有熊氏。少典之子。打败炎帝，击杀蚩尤，成为部落联盟首领。传说养蚕、舟车、文字、音律、医学、算数等都始创于黄帝时期。现存《内经》一书，即系托名黄帝与岐伯、雷公等讨论医学的著作，故又称《黄帝内经》。

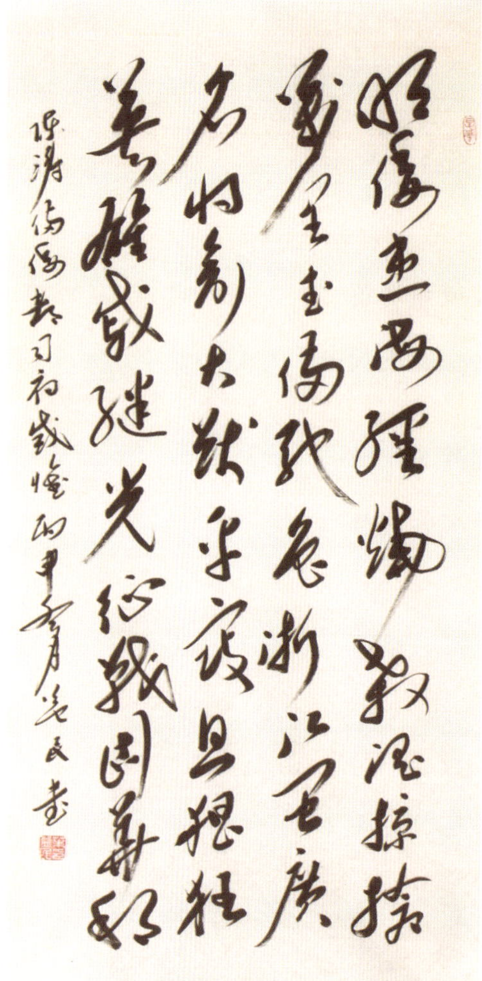

▲《备倭都司府感怀》叶益民，中国实学研究会会员，中国书法家协会会员，中国楹联学会会员，山东省书法家协会会员，济宁军分区原司令员。

备倭都司府感怀[①]

明倭患海疆[②]，烧杀淫掠抢。
万里武备驰，鲁浙江闽广。

名将俞大猷[③]，平寇息猖狂。
英雄戚继光[④]，征战固华邦。

▲ 备倭都司府

---

① 蓬莱景区“备倭都司府”。

② 明，朝代，1368—1644 年，朱元璋所建。先定都南京，明成祖朱棣永乐年间迁都北京。倭，倭寇。14 至 16 世纪劫掠我国和朝鲜沿海地区的日本海盗集团。

③ 俞大猷（1503—1579），明抗倭名将。字志辅，福建晋江人。历任参将总兵等官。倭寇侵扰东南时，便转战江、浙、闽、粤，多立战功，与戚继光齐名。

④ 戚继光（1528—1588），明抗倭名将，军事家。字元敬，号南塘。祖籍定远（今安徽定远县），后居山东登州（今山东蓬莱市）。出身将家，官至总兵官，编练新军“戚家军”为抗倭主力。万历年间官封左都督，加封太子少保、太保。他对练兵、治械、阵图等都有创见。著有《纪效新书》《练兵实纪》《止止堂集》等。

普陀寺①

选佛道场大门开，僧尼俗子面如来。
广博甘露妙应身，南无阿弥法性在。

紫烟香火唐起燃，天王雄殿松千载。
大心量比五峰高，广厦普陀连沧海。

▶《普陀寺》汪珂（北京），北京师范大学启功书院科研部主任，北京师范大学毕业，获艺术学硕士学位。

▼厦门普陀寺

① 普陀寺：南普陀寺，位于厦门岛，是闽南著名的千年古刹。

墨瓶一根柱
鋼珠嵌頂峯
翻放繩鞭打
速轉左右冲
陳濤陀螺詩一首 張國賢

▲《陀螺》张国贤（济宁市），山东省书法家协会会员，兖州矿务局圣地书画院名誉院长。

陀螺[1]

墨瓶一根柱，
钢珠嵌顶峰。
翻放绳鞭打，
速转左右冲。

▲ 竹竿巷

① 陀螺：儿童玩具，形状似海螺，通常用木头制成，下面有铁尖，玩时用绳子缠绕，用力抽绳，使其直立旋转。这里指20世纪60年代初，儿童用墨汁瓶自制的一种陀螺。

知青的伤痛[1]

骡车运肥施麦田，
站立上面往下铲。
老农挥锨卸粪土，
晃动铁锨削脚尖。

白骨显现皮肉翻，
赤脚医生忙缝按。
卧床疗伤一月整，
常年阴雨痛心间。

▶ 知青

① 知青：知识青年的简称。特定历史时期的称谓，指从 20 世纪 50 年代开始一直到 20 世纪 70 年代末期为止，从城市下放到农村做农民的年轻人，这些人中大多数实际上只受过初中或高中教育。1976 年，作者身为知青上山下乡，在田间劳动时脚指受伤，在脚拇指上赤脚医生缝补十三针。由于当时的卫生条件和技术水平较低，伤口处理不好，落下了时常疼痛发作的毛病，留下永久的印记。

▲ 济南三王峪

三王峪[1]

汉末动荡赤眉兴[2]，
三王钳制新莽兵[3]。
筑寨垒台扎山峪，
十年横扫江北城[4]。

风啸遗址松柏声，
泉池滴翠满峻岭。
巍然峰峦谷深邃，
山坳小村笛轰鸣[5]。

---

① 三王峪：位于山东省济南市和章丘市连接处的章丘曹范境内。

② 汉：指西汉末年。赤眉：西汉末年，山东境内爆发赤眉起义。起义军都用赤色涂眉，称“赤眉军”。

③ 三王：樊、魏、于三位起义军首领。樊崇是赤眉军主要领袖。新莽：公元八年，王莽在地主官僚的拥护下，夺取刘氏政权，自立为皇帝，改国号为“新”。

④ 赤眉军和另一支农民起义绿林军联合，历经十年，横扫黄河、长江流域，推翻了王莽政权，沉重打击了封建势力，大量奴隶得到解放，这是继中国历史上陈胜吴广起义之后又一次全国规模的农民起义。

⑤ 小小的村落，井喷式涌进 1000 多辆汽车，汽笛声声，混乱不堪。

十笏园[1]

甲午深冬十笏园，
亭台楼榭似江南。
善宝施钱倡大义[2]，
诗书忠厚不高攀。

乾隆嘉庆道光年[3]，
家富足可抵潍县。
名人佳园古今赞，
板桥聪明糊涂难[4]。

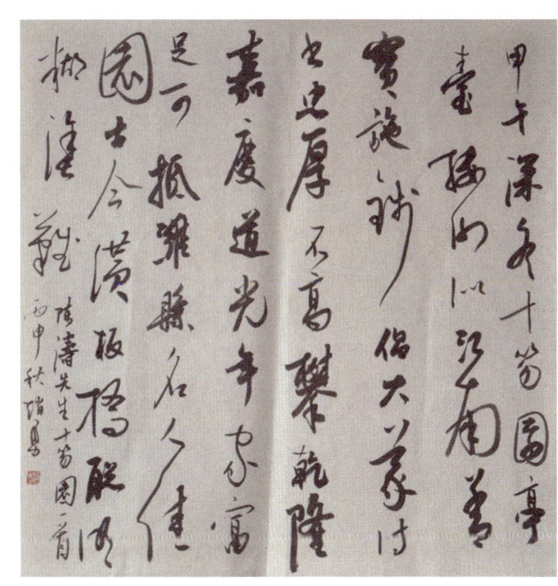

▲《十笏园》赵勇，中国书法家协会会员。

① 十笏园，明清之际为缙绅邸宅，清光绪十一年（1885 年）丁善宝改建为私人花园，因此，又名丁家花园。又因其地甚小，人喻之为“十个笏板”。共建亭、台、楼、榭 24 处，房舍 67 间。

② 善宝：丁善宝。1852 年恩赏举人，官内阁中书。著有《六斋诗存》《六斋文存》和《十二种文萃》等。丁善宝潍县首富，博览群书，行游天下，眼界开阔，善于为文交友，并广施善行。其诗句曰“不惜金钱倡大义”，应是其一生之写照。

③ 乾隆：清高宗（爱新觉罗·弘历）年号（1736—1795 年）。嘉庆：清仁宗（爱新觉罗·颙琰）年号（1796—1820 年）。道光：清宣宗（爱新觉罗·旻宁）年号（1821—1850 年）。

④ 板桥：指郑板桥，名燮，字可柔，江苏兴化人（1693—1765 年）。清书画家、文学家。早年家贫，应科举为康熙秀才、雍正举人、乾隆进士。曾任山东范县（今属河南）、潍县知县。后罢官，擅写兰竹，以草书中竖长撇法运笔。为“扬州八怪”之一。能诗文，《悍吏》《私刑恶》《孤儿行》等作，写《家书》《道情》，有《板桥文集》。

游少康湖[1]

少康灭浞鼎中兴，
韬光为圆父祖梦。
诡诈奸计呕沥血，
换得夏朝百年盛。

始祖文化半济宁，
秦砖汉瓦石厥惊。
北城湖水慰先人，
深秋领略仰遗风。

▲ 少康湖景观

▲ 少康湖

① 少康湖在山东省济宁市任城区北边的二十里铺镇，为济宁市的旅游景点。南有太白湖，北有少康湖。

放羊割草[①]

手牵山羊身背筐，
高墙城外草肥壮。
挥镰割草晴天晒，
堆满库房奶汁旺。

▲ 磨

▼ 草

① 作者 6 ~ 8 岁时放羊割草，补贴家用。

勤奋篇

伟大辉煌建筑①

（一）

工程构筑土木物，时空三维几千年②。
地域气候多信仰，生活方式铸斑斓。

六大文明寰球展，埃及希腊伊斯兰。
东方中国木架系，美洲金塔恒河岸③。

▲《伟大辉煌建筑》胡柏（云南丽江永胜）

① 作者以此诗鞭策儿子。作者孩子是建筑工程师。此组诗共六首。一是穿越几千年建筑的三维空间隧道，了解世界不同人类文明。二是通过建筑的伟大奇迹，反映王权统治和宗教信仰创造永恒不朽的艺术。三、四、五是地域、气候、信仰、生活方式的不同，建筑体现了当地人民的情感和灵魂。六是辉煌的建筑，融天文、数学、几何、建筑等方面的高超水平，同时聚集了人力、财力、物力、权力和信仰，更体现了严谨、科学的管理制度和组织措施。本诗共盘点罗列了全球 22 个国家，37 座建筑。

② 三维：三维空间。点的位置由三个坐标决定的空间。客观存在的现实空间就是三维空间，具有长、宽、高三个维度。

③ 恒河：印度一条大河，这里指恒河流域古文明。

伟大辉煌建筑

（二）

建筑奇迹长画卷，王权统治宏宫殿。
茔陵墓地尽奢侈，防御工事巨资建。

宗教结合祭场所，艺技管理师巧算。
工匠农夫聚财力，寺庙教堂势空前。

▲ 现代仿古建筑

伟大辉煌建筑

（三）

冬宫吉萨金字塔，婆罗浮屠火山灰。
爱资哈尔清真寺，雷吉斯坦圣索菲。

法隆蓝色科多瓦，圆形竞技多悲催。
桑奇佛塔迈锡尼，凯旋门前几人回[1]。

▲ 现代仿古建筑

① 冬宫（俄罗斯），古埃及金字塔（埃及），婆罗浮屠（印度尼西亚），爱资哈尔清真寺（埃及），雷吉斯坦广场（乌兹别克斯坦），圣索菲亚教堂（土耳其），法隆寺（日本），蓝色清真寺（土耳其），科尔多瓦大清真寺（西班牙），圆形竞技场（意大利），桑奇佛塔（印度），迈锡尼遗迹（希腊），凯旋门（法国）。

伟大辉煌建筑

（四）

天引帝指万神殿，彼得家族教堂显。
王朝荣耀颐和园，赛宫泰姬大奇观。

帝国素可泰古城，吴哥遗址拙政园。
马丘比丘布达拉，古根海姆美术馆[①]。

▲ 现代仿古建筑

① 万神殿（意大利），圣彼得大教堂（梵蒂冈），神圣家族大教堂（西班牙），颐和园（中国），凡尔赛宫（法国），泰姬陵（印度），素可泰古城（泰国），吴哥遗址（柬埔寨），拙政园（中国），马丘比丘（秘鲁），布达拉宫（中国），比尔堡古根海姆美术馆（美国）。

伟大辉煌建筑

（五）

魅力悉尼歌剧院，埃菲铁塔矗蓝天。
自由女神帕伦克，雅典巴特农神殿。

伦敦国会金门桥，当代建筑看荷兰。
天坛故宫提卡尔，万里长城英雄汉[1]。

▲ 现代建筑

① 悉尼歌剧院（澳大利亚），埃菲尔铁塔（法国），自由女神（美国），帕伦克（墨西哥），雅典卫城与巴特农神殿（希腊），伦敦国会大厦（英国），金门大桥（美国），荷兰当代建筑（荷兰），天坛、故宫（中国），提卡尔（危地马拉），万里长城（中国）。

伟大辉煌建筑

（六）

多姿建筑注天文，数学几何最关键。
制度措施组织严，几朝几代数千年。

大师缔造融灵魂，天赋技术巨贡献。
凝固精神化不朽，辉煌永恒天地间。

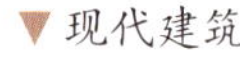

▼现代建筑

银行[1]

银行早现威尼斯[2]，伦敦汉堡荷兰先。
中国通商光绪年[3]，本质区别运营钱。

金融资本变垄断，国家信发币机关。
存贷汇储中介用，组织监管促发展。

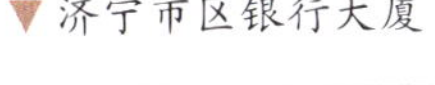
▼济宁市区银行大厦

① 银行，经营存款、贷款、汇兑、储蓄等业务的金融机构。
② 意大利威尼斯 1580 年成立世界上最早的银行。
③ 1897 年（光绪二十三年）中国成立第一家银行“中国通商银行”。

南阳湖农场[1]

土地两万亩，农垦五十年。
战略常转型，市场求发展。
班子谋长远，践行科学观。
生态绿低碳，有机和循环。
四季流芬芳，小桥水弯弯。
花香累硕果，鱼跃禽鸣天。
六畜尽放养，蔬禾药不沾。
产品鲜配送，民食保安全。

▼农场一角

① 山东济宁南阳湖农场，始建于1955年国有农垦企业，位于济宁太白湖生态新区内。

赞大运河

春秋隋元至明清[①]，
京杭五系大贯通[②]。
漕粮公私商旅往，
百舸竞流帆助风。

千里河道飞彩虹，
南水北调泵闸增[③]。
一泓清水津京去，
古老运河变年轻。

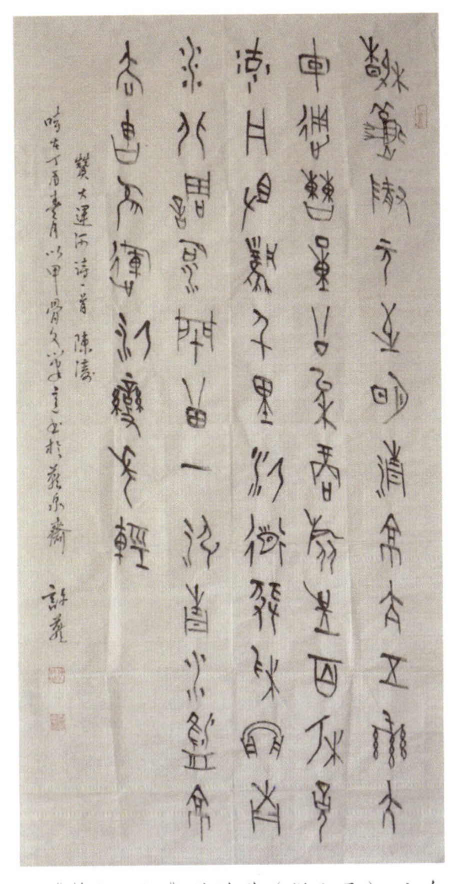

▲《赞大运河》陈许燕（微山县），山东省书法家协会、美术家协会会员，济宁市美术家、书法家协会会员，微山国画院常务副院长。

① 春秋：时代名，一般以周平王元年（前770年）到周敬王四十四年（前474年）为春秋时代。隋：朝代，公元581—618年，杨坚所建。元：朝代，铁木真于1206年建国。1271年忽必烈定国号为元。明：朝代，公元1368—1644年，朱元璋所建。清：朝代，公元1616—1911年，满族人爱新觉罗·努尔哈赤所建。

② 大运河贯通海河、黄河、淮河、长江、钱塘江五大水系。始凿于公元前5世纪（春秋末期），后经7世纪（隋）和13世纪（元）两次扩展，利用天然河道加以疏浚修凿连接而成。向为历代漕运要道，对南北经济和文化交流起到重大作用。有江都、淮安、汶上南旺等水利枢纽工程，大运河成为“南水北调”的主要通道之一。

③ 南水北调：即南水北调工程，国家战略性工程，是指把长江流域水资源自其上、中、下游，结合中国疆土地域特点，分为中、东、西三线抽调部分水资源送至华北与淮海平原和西北地区水资源短缺地区。工程规划涉及人口4.38亿人，调水规模448亿立方米。泵闸：指提水泵站和船闸。

邓丽君①

天籁声悦绕乾坤，华语歌坛无古人。
当下明星大荟萃，谁知岁月能探君。

英年辉煌倏忽去，茔冢林深不见筠②。
三万曲飘荡肠魂③，何日再来听君韵？

▲《邓丽君》，中国台湾书法家。

① 邓丽君：中国台湾著名歌星。祖籍河北大名县。本名邓丽筠，1953 年 12 月 15 日出生于中国台湾省云林县，1995 年 5 月 8 日病逝于泰国清迈，终年 42 岁。中国台湾私立金陵女中毕业。先后在美国、日本音乐学校及短期大学进修深造。高中毕业时，以一曲《何日君再来》而崛起歌坛，经常于东南亚国家及美国等地演出。擅长抒情歌曲，能演唱英、日文歌。

② 茔冢：指台湾邓丽君墓。作者 2002 年 3 月去台湾时曾瞻仰邓丽君墓。

③ 邓丽君生前曾演唱近 3 万首歌曲。

追梦

骄阳似火到暑期，五千学子梦科技[①]。
科协教委大手笔，敞开馆门欢迎你。

一周调度尽心力，畅游神奇大天地。
专家讲座无虚席[②]，理念根植追梦里。

▲《追梦》 王道雨（济宁市），中国书法家协会会员，山东省书法家协会理事、副秘书长。

◀学生参观科技馆

① 市科协、市教委、市科技馆 2014 年 7 月组织全市近 5000 名中小学生“走进济宁科技馆”暨“中国梦，科技梦”夏令营活动。

② 聘请任职于国防大学、中国社科院、国家减灾委员会等专家学者来济宁科技馆进行一周每天两场的科技讲座。使济宁 14 个县市区近 5000 名中小学生尽享科技知识盛宴。作者参与组织了此次活动。

会计[1]

账簿七八本，凭证一摞摞。
现金当面数，算珠上下挪。

开门笑相迎，一刻不离座。
为找一分钱，苦寻到子夜。

◀机关大院

① 作者从 1978 年至 1987 年先后在建设银行济宁分行、中共济宁地委办公室，中共济宁市委办公室等单位从事会计工作。

台湾行

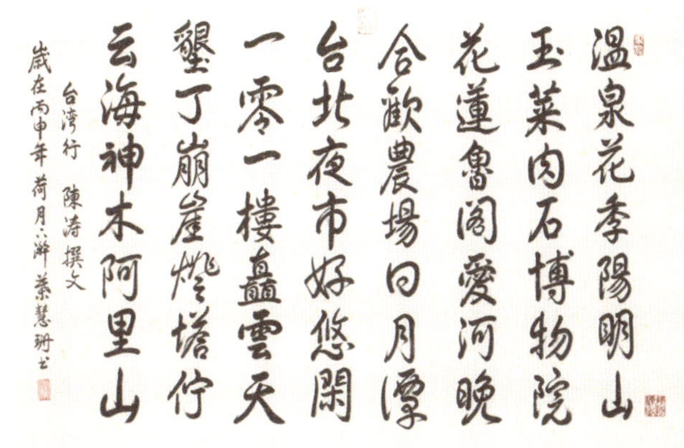

▲《台湾行》叶慧珊（台湾），中国台湾书法家。

温泉花季阳明山[①]，
玉菜肉石博物院。
花莲鲁阁爱河晚，
合欢农场日月潭。

台北夜市好悠闲，
一零一楼矗云天。
垦丁崩崖灯塔伫，
云海神木阿里山。

▲ 花园一角

① 阳明山位于台北市东北部，以温泉、火山及花季闻名，台北“故宫博物院”为宫殿式建筑，气势宏伟，馆藏近 70 万件珍宝，其中“翠玉白菜”“肉形石”“清明上河图”为三大镇馆之宝。鲁阁即太鲁阁，高山，峡谷奇石及峻嶙奇景。“九曲洞步道”是太鲁阁峡谷最精华的景点。爱河：高雄旧名叫打狗，所以原来叫打狗川。据说早年曾有一对情侣在此殉情，十分感人，后人将此称为爱河。合欢即合欢山清境农场，是台湾著名避暑旅游区。日月潭是台湾最大的淡水湖，群山环绕，如梦似幻。台北 101 大楼，高 508 米，楼层总计 101 层，为台北地标建筑。垦丁森林公园位于台湾最南端的屏东垦丁半岛，是台湾最佳海滨度假区。鹅銮鼻公园因白色灯塔伫立而闻名。崩崖“崩崖地形”十分壮观。阿里山以日出、神木、云海、樱花与森林铁路而闻名。

蹲点包村[①]

岚济公路大整修[②]，太平虽近却绕走。
驻镇一年回家鲜，妻儿四季匮珍馐[③]。

六组七村到田头，[④]冬修水利夏抢收。
秋储播种防焚烧，狠抓落实解民忧。

▲ 包村

① 蹲点包村是济宁市委、市政府连续10多年的一项活动，每年上万名机关干部到农村一线蹲点包村，以强班子、促发展、保稳定为主要工作任务。

② 1999年冬季济宁至邹城公路维修。到邹城太平镇要绕道曲阜多走70千米。

③ 匮珍馐：缺乏滋味好的食物。喻妻儿两人吃饭不香、冷清。

④ 两级市共派往邹城市太平镇六个工作组，帮扶七个村。作者为工作队队长，挂职镇党委委员、副书记。

水利[1]

晴天土一身，雨水泥脚沉。
沟涵常查巡，闸坝守护紧。

库塘时加固，河湖测水文。
抗旱防大汛，水利保民本。

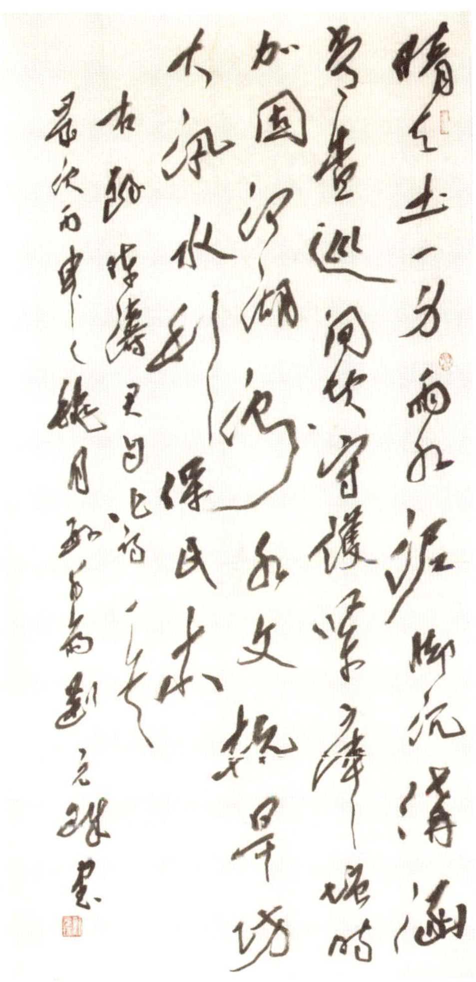

▲《水利》刘元珠（济宁市），济宁市书法家协会理事。

◀都江堰

① 作者从事水利工作六年，对水利工作有一点粗浅感悟。

▲《新疆》岳佐泉（济南），岳飞27代后裔，全国岳飞研究会高级顾问，舒同书法研究会副会长，山东省书法家协会会员。

新疆[①]

纵横沟壑火焰红[②]，
吐蕃峻陡坎儿井。
层叠梯田葡萄沟，
姑娘俊美达坂城。

▼新疆喀什老城

① 2004年去新疆考察水利建设。

② 火焰红：指火焰山，维吾尔语称“克孜尔塔格”，意为“红山”。因其炎热把它称作“火山”。位于新疆吐鲁番盆地。夏季气温达47℃，太阳直射处可达80℃。坎儿井与长城、京杭大运河并称中国古代三大工程。吐鲁番属最为干旱缺水的地区，但地下水非常丰富，坎儿井利用地势，开挖竖井，由直井、地下暗渠、地面渠道和“涝坝”（小型蓄水池）四部分组成。葡萄沟位于吐鲁番市东北10千米的火焰山中，长约7千米，宽约2千米的峡谷。天山雪水潺潺，梯田层层叠叠，葡萄树郁郁葱葱。

中国澳门

葡牙殖民四百年，中西文化璧玉联。
基督天主伊斯兰，儒释道教共发展[①]。

三巴牌坊屡焚建，妈祖显灵解危难[②]。
葡京娱乐几分喧，回归祖国正扬帆。

▶ 澳门榕树根

① 澳门在广东省珠江口西侧，原属香山县。明嘉靖三十二年（1553 年）葡萄牙殖民者借口暴晒水渍货物，强行上岸租占，鸦片战争后不断扩大范围，1887 年（光绪十三年）占领澳门。它是中西合璧的城市，既保留了深厚传统文化，又融入了活力四射的西方文化。既有东方古老的儒释道文化等，又传入西方天主教、基督教、伊斯兰教等，形成多元的宗教文化。

② 三巴牌坊原处为圣保禄教堂，这座教堂从建成后经历了 3 次大火，屡焚屡建，最后只剩下了教堂前壁，形似中国传统的牌坊。妈祖阁是澳门最著名的古迹，始建于明朝，至今已有 500 多年历史。当地人十分相信显灵海上、消灾解难、使人化险为夷的妈祖娘娘。葡京娱乐场是澳门最大的一间赌场，同时也是澳门标志性建筑。

赞王乃昌先生[1]

远东大业堪恢宏，叱咤风云九十整。
海峡两岸惊奇声，一生跌宕谈笑中。

周君萌念话游兄[2]，而今谋篇将欲行。
至此乃昌生平迹，甲午巨著渐成形。

▲ 表哥台湾来

① 王乃昌先生，山东省曲阜市人，著名教育家。学生时随国民党去台湾，在台兴办远东大学，自任校长。改革开放后，来济宁曲阜兴办远东大学、远东铝业公司、王乃昌工业园等。

② 周君：周长行，济宁市著名作家、记者。著有长篇传记文学《不醉不说：乔羽的大河之恋》《赵忠祥写真》《大浪淘金》《一条大河》和长篇报告文学《鲲鹏腾飞的地方》《乔羽恋歌》等。游兄：游开勤，美籍华人，博士，王乃昌女婿。山东远东高科技材料（集团）有限公司副总裁。

今夜我领读

清明，
二十四节气之一。
中华民族的祖先，
发现了气候的变化，
找到地球在轨道上的位置，
从此便有了二十四节气。
农耕有了规律，
社会有了发展，
人类有了进步。
习俗与文明共相依。
清明节扫墓便成了这一节点的标志，
祭祀成为这个民族此时最大的事情。

数字，
只是一种符号，
代表着量的基本数学概念，
也是数目文字的表示，
没有好坏之别。
然而，

▲ 今夜我领读

人们的习俗却硬是把它二六九等，
区别开来。
我也没能例外。
我幸运的数字是三，
却偏偏讨厌它的邻居四，
何苦愚昧至此！

其实，
4 月 4 日的夜空，
丝丝甘露润万物。
那清凉的春夜，
芬芳的空气，
正孕育着鲜活的嫩绿和花的海洋。
而此时此刻，
我荣幸地走进了二十四小时歌德图书馆。
这里，
灯火通明，
藏书万卷。
白鹿安详伴读者，
红鲤畅游祈梦圆。

▲ 牡丹花开

今夜，
在祭扫先人的青烟中，

在鬼与人最接近的重要时刻，
在我嫌弃数字的日子里，
我在做我一生从未做过的事情，
——领读。
3 月 21 日那天，
潘跃勇先生以超绝的气魄和胸襟，
点亮了济宁文化的长明灯，
——二十四小时歌德图书馆。
这是民族的担当，
这是华夏的脊梁！

顿悟！
数字的忌讳已释然，
领读的喜悦令我彻夜难眠，
芬芳四溢春正浓，
五彩斑斓书香伴，
恰是一年最好时，
阅者怎能不万卷。
土大力的泡菜，
咖啡馆的消遣，
迪斯厅的嘈杂，
网吧的虚幻和影院的激情与浪漫，
怎比歌德图书馆彻夜长明灯，

▲ 书架

光彩而绚烂！

祈愿！
神州的长明灯只是一点小小的星火，
她却站在了那高高的山岗，
像那颗北斗，
指引着迷途的羔羊，
那是生存的希望，
那是回家的方向，
那更是崛起的力量！
亲爱的歌德图书馆，
张开你博大的臂膀，
温暖些许荒漠的灵魂，
你将永远背负起民族的希望！

▲ 图书馆

观“中国鸟虫篆书法艺术展”感[1]

天地人神鸟虫篆，
华夏汉字民魂染。
温馨残暴象与形，
释道儒韵魅无限。

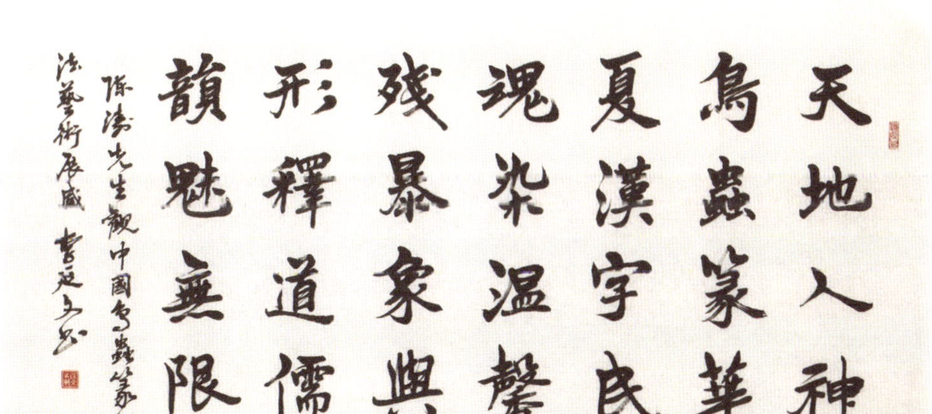

▲《观“中国鸟虫篆书法艺术展”感》李延文（济南），山东省书法家协会会员，山东画院高级画师，国家一级美术师，齐鲁画院理事。

① 为弘扬儒家传统文化及灿烂鸟虫篆艺术，纪念孔子诞辰 2567 年大典活动，文化部艺术发展中心鸟虫篆艺术研究院于 2016 年 9 月在济宁市运河音乐厅举办《崇礼先师》中国鸟虫篆书画展。

朋友宴宾感

范府喜添丁，亲朋乐融融。
兄弟互把盏，此乃真友情。

本已背骂名，同乡斥责声。
拆迁多方利，大小兼平衡。

▼儒乡

樱桃李赋

你从洪荒纪走来，
你从冰川纪走来，
你从远古期走来，
你穿越了二千五百万年的时空，
走进了齐鲁大地的双泉镇。

你从祖国边陲的新疆走来，
你从巍峨的天山山脉走来，

▼樱桃李（1）

你从山坡石砾的峡谷中走来。
你经历了二千五百万年的春夏秋冬，
来到了风景秀丽四面云山的长清区。

岁月的更迭，遮不住你绿色的容颜。
风雨的剥蚀，改变不了你五彩的斑斓。
酷夏的烈日，使你越发挺拔而光鲜。
冬雪的飞舞，你满树枝条紫红尽染。

你有多么好听的俗名——野酸梅，
你有多么娇艳的身姿——小乔木，
你有多么纯洁的花蕾——小白花，

▼ 樱桃李（2）

你有多么珍贵的果实——野生林果。
你是逆温带濒危植物的活化石——冰川孑遗物种。

你抗逆的性格，
不畏严寒，不畏贫瘠，
不畏盐碱，不畏干旱，
坚韧而顽强，几千万年生生不息。

今天，有一群千博人[1]，在科学技术的引领下，
发现并把你带到山东省最美风情乡镇。
这里，
山川秀丽水甘洌，鸟语花香曲幽奇。

▼ 樱桃李（3）

① 千博：山东省千博生物技术有限公司。

春秋学艺齐长城，马陵书堂涧泉溪。

种植基地三千亩，研发培育樱桃李。
红黄黑紫绿色果，行道四季园美丽。

你二千五百万年铸就的精华，博大而高贵。
你优秀品质和高尚品格，涵容而多样。
你藏匿深山人未识自身繁殖，因千博改变。
你将给人类带来健康的福音，延绵而不绝。

此时，你走上了太空，你走入了星火[①]，
你走近了女性，你走向了世界！
你在播洒着亘古永恒的爱！
为天下所有女性健康请命，
成为千博人的铮铮誓言，
千博人开创了樱桃李产业化的辉煌时代！

---

① 星火：国家星火计划项目。

溯源

为筹诗集午夜中，
风雨啸啸扣门声。
查找出处忘睡梦，
一词一典溯源踪。

▲ 龙母像

母亲的卧房

爆竹声响，
礼花绽放在寒意春风的夜空，
天涯海角欢歌笑语声声。
然而，
母亲却病倒了。
一生不曾住过院的母亲，
在春的脚步中，
无奈躺在医院病床上。

▲ 桃花

春节前夕，
生病的母亲硬是挺过了春节，
在医院打了几天的点滴。
可是，
浴池湿滑地面，
没给耄耋之年母亲留情，
把她摔了一跤，
病痛挑战母亲的刚强。

大年初一，
母亲毅然出现在饭店餐桌旁，

为的是一家人团圆和谐。
但是，
山珍海味佳酿，
却远离母亲健康的胃肠。
她以基督名义，
祈祷她子孙幸福安康。

▲ 缝纫机

正月初四，
父亲陪伴母亲医院全面检查，
楼上楼下手续尚未办妥。
突然，
父亲呕吐不止，
伴有激烈咳嗽脸色蜡黄，
休克在轮椅上，
父母亲同时住进病房。

晾晒衣被，
要来钥匙打开常年上锁卧房，
十字架耶稣像圣母安详。
震撼！
缝纫机饱沧桑，
千纳百补垫老旧木板床，
久远木橱桌凳，
浸透简朴执着与刚强。

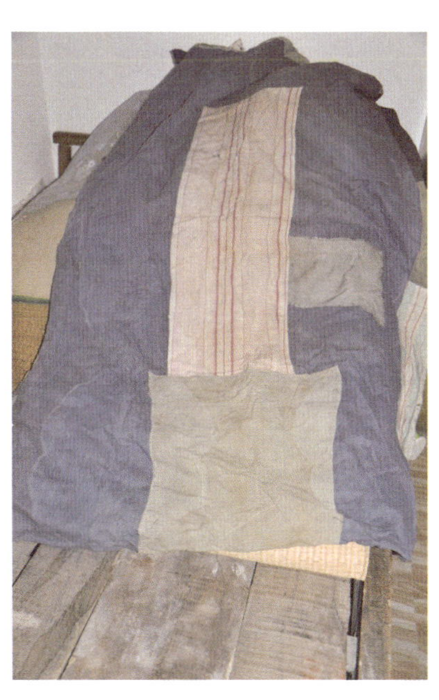
▲ 板床垫

心在发颤，
蝴蝶牌缝纫机寄托生存希望，
老旧木板床兄弟温馨房。
棉垫，
驱寒避风守岁。
陈旧家什装载幸福梦想。
九旬母亲一生，
节俭朴素苦乐更慈祥。

▲ 享乐晚年

永远坚守，
勤俭持家忠厚直德品端正行，
善事常作为不贪不伸手。
坚信，
行好事慈悲心，
尽职守忠国家勇于担当。
母亲言行家教，
闪耀光华纯美而高尚。

信访

围追堵截为政绩，谁人悲悯上访泣。
百姓善良遭人欺，投诉伸张强阻力。

各级销号很着急，影响仕途大问题。
渠道畅通解民意，时代进步安社稷。

▲《信访》狄乃相（嘉祥），嘉祥县书法家协会理事。

惠达投资[1]

济宁华尔街[2]，水阔鱼跃门[3]。
起源梧桐下[4]，逆势勇奋进。
惠达聚资本，中小微滋润[5]。
对接大平台，股权挂牌新。

培育新兴业，设立八基金。
转型拓渠道，资智融诚信。
打造首中心[6]，项目付艰辛。
讲堂办培训，达己先惠人。

---

① 惠达投资，济宁市惠达投资有限公司。
② 华尔街，美国纽约市的一条街道，是美国大垄断组织和金融机构的集中地，投资市场中心。
③ 指济宁市资本中心大楼门前“鲤鱼跳龙门”雕塑。
④ 资本大厅壁画，寓意美国金融资本市场起源华尔街梧桐树下。
⑤ 中小微：中小微企业。
⑥ 首中心，指济宁资本中心，是山东省市地第一家成立的专业性质的资本市场服务平台。

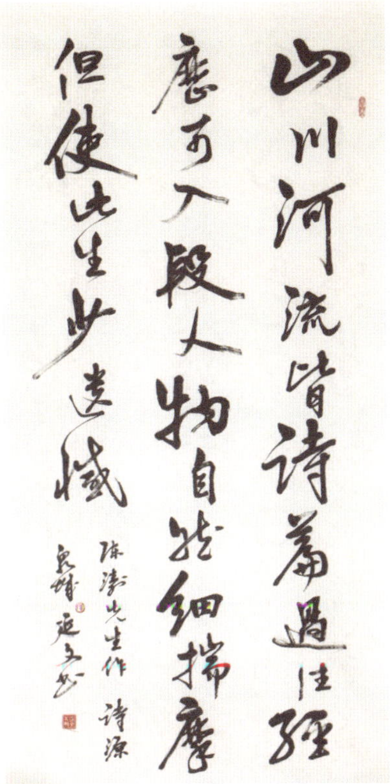

▲《诗源》 李延文（济南），山东省书法家协会会员，山东画院高级画师，国家一级美术师，齐鲁画院理事。

诗源

山川河流皆诗篇，
过往经历可入段。
人物自然细揣摩，
但使此生少遗憾。

▼绿源

评杂音

千篇一律好模式，
未有杂音强班子。
铁板一块为正气，
多少官宦把众欺。

一分为二看问题，
实事求是见真谛。
抱朴守真古人语[①]，
梦想实现定有期。

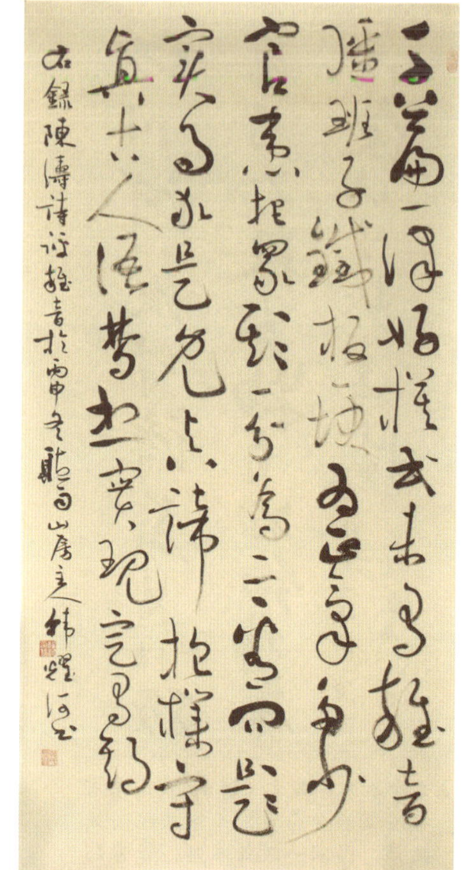

▲《评杂音》韩耀河（嘉祥），中国硬笔书法协会会员，中国楹联学会会员，济宁市书法家协会会员，嘉祥县书法家协会理事。

▶瀑布

① 抱朴守真，老庄思想警句。

联系群众

太平一村新刘庄[①]，
两委整齐心气壮。
科协主席联系点，
村街家家好风光。

进村入户谋良方，
百姓致富明方向。
感谢党恩政策好，
群众实践路线强。

▼ 新农村公园一角

① 济宁邹城太平镇新刘庄村。

▲《葡架淑女图》杨华山，中国美术家协会会员，国家二级美术师。

走访河南商丘老人偶感

飞沙走石冷雨天，
商都物流王亥钱①。
阏伯火神高台贤②，
华夏文化源中原。

▶春山里的禅房

---

① 王亥：商汤的七世祖。相传他最早开始从事畜牧业，被奉为物流鼻祖并发明货币。他放牧到黄河北岸，被有易首领绵臣杀死，夺去牛羊。其子上甲微向河伯借兵为他复仇，攻有易杀绵臣，夺回牛羊。

② 阏伯：子姓，名契，出生于上古时代的商（今河南商丘睢阳区）。阏伯在公元前 2400 年，即传说中的尧舜时代，发明了参照火星，建立历法，同时曾筑台观察星辰，以此为依据测定一年的自然变化和年成的好坏，为我国古老的天文学做出了贡献。

皖行偶感

芜湖科博新自多[①]，
黄山四季显佛陀。
宏村西递屯溪老[②]，
九华金藏聚香火[③]。

潜山天柱擎日月[④]，
天堂之梯瀑银河[⑤]。
刘邓大别豫皖鄂，
徽山皖水秀祖国。

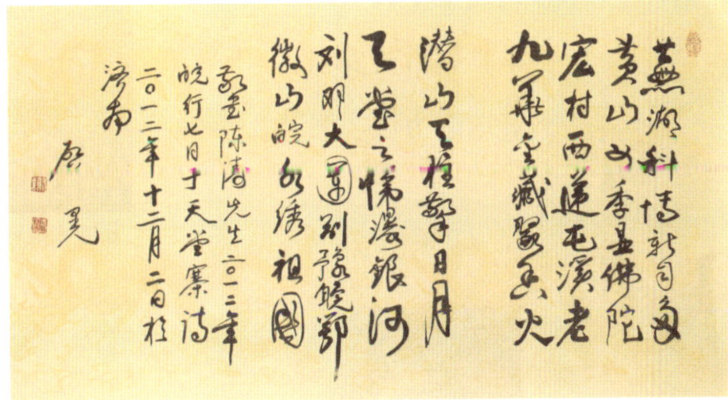

▲《皖行偶感》 谢启昇（广西），中国民族博物馆馆长，中国收藏家协会副会长，中国民族文物保护协会常务副会长兼秘书长。

---

① 芜湖科博：芜湖全国科技博览会。

② 宏村：是古人依据仿生学原理建造的一处奇迹。西递：是一个曲巷通幽、已近千年历史的古老村落。两处均被联合国教科文组织列为世界文化遗产名录。屯溪老街坐落在黄山市中心地段。保留古代商家“前店后坊”或“前铺后户”的经营格局和特色。建筑结构多为木穿木榫式，高二三层。

③ 九华金藏，九华山与五台山、普陀山、峨眉山并称四大佛教名山。金藏即“南无大愿地藏王菩萨”。

④ 潜山天柱：指天柱峰，海拔 1488.4 米，凌空耸立，素有“五岳归来不看山，黄山归来不看岳，天柱归来不看峰”之美誉。

⑤ 天堂之梯：是潜山一个著名风景区天堂寨山中的云梯。

凯普康联合体济宁行感

初秋孔孟凯普康[①]，
抗战七十阅兵场[②]。
举世瞩目长安街，
寰球潜力儒乡强[③]。

▲ 抗战胜利七十周年阅兵场

▲ 古建筑

① 凯普康基金公司来济宁考察 PPP 项目。

② 2015 年 9 月 3 日抗战胜利 70 周年大阅兵。这天上午考察团与济宁有关方面一致同意，暂停考察活动，收看阅兵式。

③ 全世界已有近 40 个国家设立孔子学院，儒家文化已融入全球。

▲《南水北调》程传新（济宁市），中国书法家协会会员，济宁市书法家协会党支部书记、副主席。

南水北调

二百公里徒步走①，查询两岸数物种。
丈量土方算河道，确保可研能成行②。

南水北调国工程，补水华北济民生③。
东中两线齐开工④，一泓清水入津京。

▲ 历史的跨越

① 作者曾带领300多人，两次徒步清点南水北调济宁段（198千米）沿途附着物，测算土方，丈量河道，为《南水北调可行性研究报告》提供准确数据。

② 可研:《南水北调可行性研究报告》。

③ 补水华北：南水北调补水不仅包括华北，还包括华东、华中、西北等15个省、直辖市、自治区。

④ 东中两线：南水北调共分为三条线路，即东、中、西，山东济宁属东线调水范围。

古运河畔偶感[①]

庭院深深路迅通[②]，
儿番交流情更浓。
名家长案挥毫墨[③]，
古运河畔灯火明。

▲ 京杭大运河纪念标

① 古运河：指大运河。简称运河。北起北京南至杭州，经北京、天津两市及河北、山东、江苏、浙江四省。全长 1794 千米。古运河流经济宁市区 230 千米。济宁地处中游，为运河南北枢纽。当时的济宁“船舶往来，商旅辐辏”，文化发达，市场繁荣景象达到鼎盛期，故有“江北小苏州”之称。

② 路迅通：指山东路迅通公司会所，在古运河边上。

③ 经常邀请大家名家作画写字。

观童中焘先生画展有感[①]

（山水系年）

静心做学问，
始终不染尘。
儒施道可行，
圣坛阙里亲[②]。

▲ 学术论坛

① 童中焘，1939年生于浙江省鄞县。现为中国美术家协会会员，李可染艺术基金会委员、中国美术学院教授，享受国务院颁发的政府特殊津贴。擅长山水画，林无静树、川无停波，骨气清刚、风神秀发，奇崛与豪隽共济，是一位卓有成就的浙江派山水画家。

② 圣坛：指杏坛，孔子讲学的地方。位于孔庙大成殿前。阙里：春秋时孔子住地。现今山东曲阜城内阙里街。因有两石阙故名。里：双关语，即李，诗中暗藏李可染大师名字。童中焘先生师从李可染大师。

民相联[1]

早辞刘堤刚入圈[2]，
邹城美酒好钢山。
表弟菜肴真解馋，
最忙莫过民相联。

▲ 都江堰

① 民相联：指济宁市开展单位领导确定农村联系点，支持帮扶活动。
② 刘堤：邹城市张璜镇刘堤村。圈：指圈里村。

赠小妹[①]

佛都圣踪慈悲心，
酷暑寒冬几番拼。
国难家困倾其有，
汶上巾帼一好人。

▲ 孔雀湖

① 小妹：妻堂妹王敬华，经商。佛都：山东省汶上县。汶川地震时，捐资 100 多万元，几乎倾其所有。作者收看济宁电视节目报道后，有感而作。

乃昌先生走好[1]

少年颠沛家国困，立志报效儿番拼。
远东大业付艰辛，风雨兼程育树人。

桃李天下多欣慰，回报家乡更纯真。
惊闻先生驾鹤去，夜半无眠泪沾襟。

▲《荔枝情》韩安东，中国美术家协会会员，北京书画艺术研究院职业画家，国家一级美术师。

▼松云

---

① 王乃昌先生，山东曲阜市人，1949 年去台。著名教育家、企业家，两岸交流的使者。受大陆江泽民、胡锦涛两届中央领导集体的接见。在台湾创办远东大学，在家乡创办多个经济实体和学校。2015 年 7 月与世长辞。

你来了[1]

初夏的时节，
阳光和煦，
麦浪翻滚，
大地葱绿。
你来了，
你带着十个山里的孩子，
两位老师，
来到了孔孟故乡。
让幼小的心灵，
融入儒家思想的甘露，
让清纯的魂魄，
筑砌中华文化的长城。

▲ 小学校长张恒德先生

七年前，
你与潘跃勇先生的偶遇，
开启了东安加禾与哈佛的故事。
从此，
有了一位山外的哈佛人，

① 你：指丽江永胜涛源镇东安小学校长张恒德先生。

情系牵挂金沙江畔小学的孩子。

年复一年，

文具衣被钱物不期而至，

图书馆的创建，

实验室的设立，

孩子们的生活，

小学校的建设，

哈佛教育集团奉献百万之巨。

每年的六一

山里的学校锣鼓喧天彩旗猎猎，

嘹亮的歌声迎来济宁哈佛爱心集团。

哈佛集团一千四百多名员工，

一万名幼儿和家长，

对东安加禾不再生疏，

手拉手丽江留守儿童结对资助！

▼两地学生手拉手

儒乡与几千公里之外的涛源幼小娃娃已心心相系，
遥远的距离已筑起爱的长堤！

你来了，
是金沙江初夏的风，
是儒家文化的魄力，
是山里孩子的梦想，
是潘跃勇和他团队的牵挂，
鼓舞了你的勇气和决心，
牵手孩子们走进孔孟故里，
走进美丽的哈佛摇篮国际小学。

满满的行程，
多彩的交流，
相互的通融，
必将托起大山深处孩子们的中国梦！

▼两地老师与学生

中国香港

东方明珠绚夜城[①]，维多亚湾看紫荆。
天堂美食尝世界，琳琅商品饱眼睛。

太平山顶览夜景[②]，黄仙祠里香火盛。
庙街夜市人熙攘，迪园海洋似梦境。

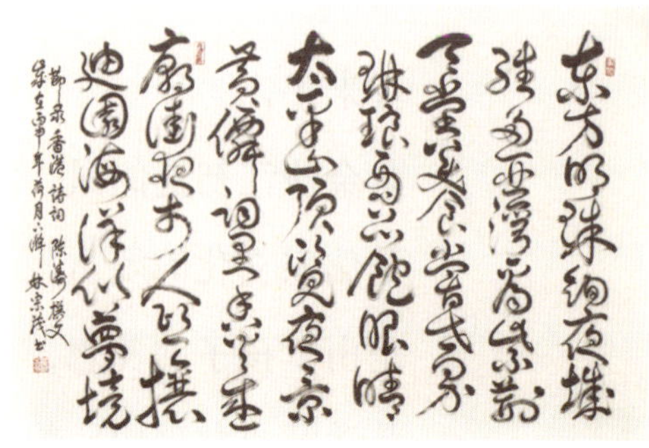

▲《中国香港》林宗茂（中国台湾），中国台湾书法家。

▲ 庆典

① 中国香港被称为“东方明珠”，是举世闻名的国际大都市。维多利亚湾港是最美丽的一道风景，广场前有巨大的紫荆花雕塑。香港被誉为“美食之都”和“购物天堂”。

② 香港全岛的制高点太平山，海拔 380 米，是最佳观赏香港夜景位置。黄大仙祠是香港香火最旺的庙宇之一，里面有一块与北京故宫相仿的九龙壁，庙街既是日用品购买场所，也是了解香港市井生活的地方。迪士尼乐园和海洋公园是亚洲和世界上最大的游乐场之一。如梦似幻，尽享欢乐。

台胞台属联谊会[①]

昔日亲人赴台湾，硝烟逝去五十年。
七八打开寻乡路，游子归来家团圆。

大陆台属联谊会，沟通服务忙牵线。
交流经商搭桥梁，两岸共赢促发展。

▲ 研讨会

① 自1978年两岸开启台胞回大陆探亲以来，不断掀起台胞回乡探亲潮。20世纪80年代中后期，大陆各级台湾工作办公室，指导组织台属，经当地行政部门注册，成立“台胞台属联谊会”，这一组织在促进两岸沟通交流、经商贸易、对台宣传、寻亲找人等方面发挥了重要作用。

生活篇

童趣

孙儿栈桥灯无眠[①]，
重游青崂似当年[②]。
沙滩海边捉虾蟹，
举家老少尽欢颜。

▲《童趣》张克（济宁市），济宁市青年书法家协会副秘书长。

◀正正与爵尔茨

① 栈桥是青岛最早的码头，全长 440 米。桥南端筑半圆形防波堤，堤上有一座八角亭，就是著名的“回澜阁”。孙子三岁游青岛栈桥。

② 28 年前儿子四岁游青岛栈桥崂山。崂山被誉为“海上第一仙山”，主峰巨峰高 1132.7 米，景区面积 446 平方千米。既可攀山，也可涉水，自然风情、人文气韵俱佳。

杂感

（一）

本已享天伦，儿媳矛盾加。
姨哥来调停[①]，两人怨更大。

雪雨秋风夏，小事闹复杂。
分手少爹妈，望孙泣泪下。

▲峄山“鳌”

① 儿子儿媳闹离婚。娘家姨哥专门调解，未果。

杂感

（二）

正正小吾孙，
可怜未成人。
三年朝夕伴，
用法来定论。

心如刀绞痛，
泪已沾满襟。
人逢乃是缘，
天地鉴良心。

▲ 天外飞石

回京友

石门之行谋仁兄[1]，
诗赋相识壮锦程。
京儒两地不再远[2]，
天命哥俩常相拥。

▲ 国家大剧院

① 石门：曲阜市石门山。
② 京儒：指北京市和济宁市（儒家之乡）。

农场行[1]

酷暑难耐鲁桥行，兄弟十年不了情。
五谷两千六畜兴，一条小溪聊不停。

小酒一盅能尽性，忽然炸声雷轰鸣。
雨注倾泄砸板棚，凉爽袭来醉渐醒。

▼ 高原

① 农场：指微山县鲁桥镇永喜家庭农场。位于微山县鲁桥镇李唐桥村。占地近 3000 余亩，其中 2000 余亩种植小麦、水稻、豆种等，有近千亩水面，养殖鱼、虾、鹅、鸭同时养鸡、猪、羊等。还种植 1.3 万棵桃树。

团圆

孙儿懵懂心疑点，爸妈时常各一边。
稚园游乐亲子欢，正正落寞少悦颜[①]。

老人忧心盼和缓，丙申春节举家谈[②]。
莱芜蒙山生日过[③]，麦收夏至破镜圆。

兒孫懵懂心疑點爸媽時常各一邊稚園游樂親子歡正〻落寞少悅顏老人憂心盼和緩丙申春節舉家談萊蕪蒙山生日過麥收夏至破鏡圓

陳濤先生詩團圓 丙申仲秋秦明

◀《团圆》秦明（济宁市），济宁市书法家协会会员。

▶南国

① 正正，作者孙子昵称。
② 丙申年春节期间，创造机会两家人坐在一起吃年饭。
③ 利用莱芜亲属结婚、蒙山出游、孙儿生日等机会促成儿子、儿媳和好。

空中揽胜

白云舒卷游蓝天，
千嶂峦翠水浩瀚。
玉带蜿蜒婀娜姿，
黄绿网格布棋盘。

▼空中的雪山

黎明前的火车汽笛声

无数次，
悠远绵长的火车笛声，
总是响在黎明前夜空，
闯入我睡梦中。
带着淡淡的清冷和伤痛，
打碎了甜美的梦。

▲ 南京夫子庙夜景

那一年，
风天雪地满目冰凌，
自行车载着临产的妻子，
牵梦划破黎明。
清脆啼声我已热血沸腾，
圆了得子的美梦。

五十岁，
秋高气爽硕果累累，
听着汽笛声穿戴齐整，
迎亲队伍出征。
灯红酒绿沉醉佳宾亲朋，

儿子实现成家梦。

春节过，
热元宵伴寒闹花灯，
兔年正月二八鼓初更，
守候医院待生。
刹那护士抱出孙儿正正，
儿子圆了儿子梦。

幸福中，
孙孙哭闹欢笑声声，
怎曾想矛盾悄悄降生，
魔咒没有绕过。
短暂岁月摧毁儿孙甜梦，
小家庭离析分崩。

三年后，
正月初五乍暖还冷，
亲家相会修复小家庭，
过生出游聚拢。
绞尽脑汁换回孙儿笑容，
为磨合举家东行。

▲ 雾灵观音瀑

六个月，
小船风雨飘摇不定，
关系紧张性格难相融，
调和劝解无用。
再次分手打碎圆家的梦，
我为孙孙伤心痛。

汽笛声，
又一次撞碎我的梦，
现实的婚姻轻率像风，
摇曳飘忽不定。
社会家庭子女责任忠诚，
请不要自私任性。

▲ 湖畔高楼

小涛十人聚[1]

小镇芙蓉到年底，
十位亲人早知己。
雅兰涛妹大活宝，
涛声一片云雾里。

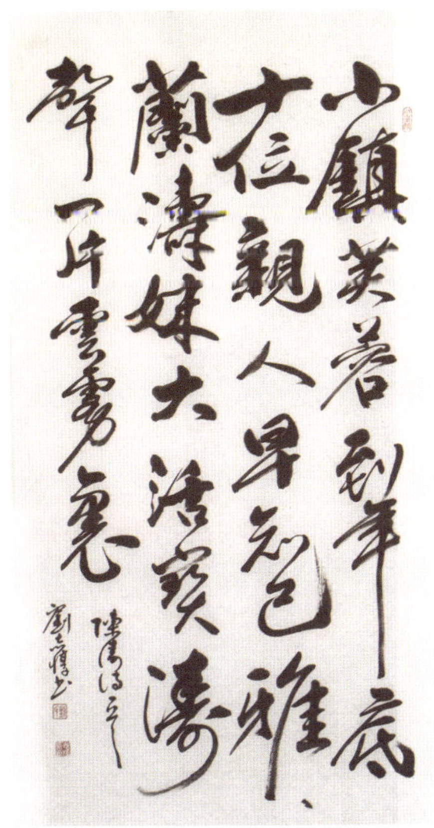

《小涛十人聚》刘志敦（济宁市），中国书法家协会专业二级，山东省书法家协会会员，济宁任城区书法家协会顾问。

---

① 与作者同姓同名的十几个朋友相聚。

您回来了

那是故乡的召唤，
那是兄弟姐妹的情感，
那是您对老夫子的眷恋，
那更是叶落归根的夙愿！

曾几何时，
我们成年同窗，
别有一番学子的韵味，
意气风发敢想敢干！
金乡企业贵在品质的改革，
誉满全球市场我大蒜。

教委的运筹，
是您对孩子们的期盼。
牡丹故土的开篇，
齐鲁文化的典赞，
风水的变换，
这是板桥风骨的使然。

▲ 水晶荷花

政府的高参，
是您对当下九千万人的贡献！
树高千丈也有根，
游子万里故乡返。
您回来了，
不愧正人君子儒乡人民的典范！

▲ 彩纸花隧洞

丙申秋东行记[①]

心恐莫蒂袭蓬莱，
千里寻踪仙过海。
董永故里媒仙槐，
马岛观涛阳主外。

牟园苹果史承载，
西行长春太虚在。
昆嵛濂洞捉鳖蟹，
泉城公园愉情怀。

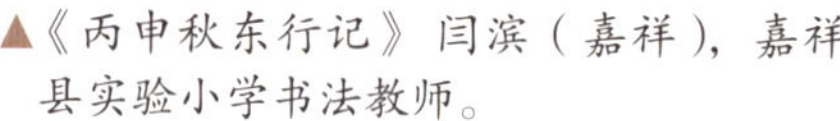

▲《丙申秋东行记》闫滨（嘉祥），嘉祥县实验小学书法教师。

◀八仙过海图

① 国庆节前，举家东行，正直“莫蒂”台风袭扰沿海。到蓬莱时，风浪较大，没有去长岛。路过博兴（董永故里）时寻到了媒仙槐，传说七仙女在此槐树下把幼子交于董永。到牟平养马岛观海浪，去芝罘岛时阳主庙已暮鼓关门。随后参观了牟氏庄园，品尝购买了栖霞苹果，游览长春湖和太虚宫，在昆嵛山水濂洞捉鳖蟹，游泉城公园，历五天返家。

▲《新秋》李青，中国美术家协会会员。

叹时

月暗星明挂天边，
河湖水寒早悠闲。
秋霜叶黄地上翻，
不知不觉又一年。

又是一年树叶黄▶

冬日泰山

寒风凛冽鸟迹绝，
冰山父子写生热[1]。
凌霄岱顶链晃锁[2]，
元君祠冷燃香火[3]。

天街清冷静寂寞，
十八盘上飘云朵。
中天门亭索道歇，
登山临门任由我[4]。

▲《冬日泰山》相力（济宁市），济宁市太白楼博物馆馆长。

◀瀑凌

① 写生热，2003 年农历腊月二十七日，作者带儿子去野外写生。泰山古建筑群有 22 处，面积达 14 万多平方米。因此选择了登泰山写生。
② 链晃锁：游客在岱顶铁链上锁满了各式各样的同心锁，祈祷一生相守，平安康泰。当天，山顶寒风特大，刮得锁链“咣咣”直响，人很难站立。
③ 元君祠：位于岱顶，是泰山女神碧霞元君祠宇。
④ 登山临门：即“孔子登临处”坊。

雾灵谣[1]

繁星山头悬夜空，妻儿抱孙上雾灵。
溪水涓涓长流声，山谷别墅入梦中。

青砖灰瓦山坳座，四合禅院蕴意重[2]。
娇妻大难已化吉，居此养身丈夫情。

▲ 雾灵禅院

① 雾灵：雾灵山，位于北京市密云区与河北兴隆县交界处雾灵山景区内，海拔 2116 米，是河北省水系源头。常年云雾缭绕。

② 四合禅院：潘跃勇先生投资 300 多万元建设一座具有北方四合院特色，凝聚禅文化在内的小别墅。供妻子养病居住。

初恋

深秋细雨越河岸[1]，
一把红伞遮里面。
青春豆蔻心扑扑，
不知此时是初恋。

▲ 依偎

◀《双飞》张清智，中国美术家协会理事，中国华侨文学艺术家协会副会长，中国华侨画院院长。

① 越河：济宁市城区一条小河。

雪停風駐清寒冷汽車行
进咯嘣嘣凌上路人舞芭
蕾神情專注履厚冰
陳濤詩雪後 乙未年冬佛家書畫院程安貴

▲《雪后》程安贵（济宁市），济宁市书法家协会会员。

雪后

雪停风驻清寒冷，
汽车行进咯嘣嘣[①]。
凌上路人舞芭蕾，
神情专注履厚冰。

▲ 雪后

① 咯嘣嘣：汽车行走时碾轧积雪的声音。

涛兄妹游上九山①

上九山坳古村落，石街石屋石院墙。
涛妹涛弟涛伴哥，春风夕阳心舒畅。

涛会甲午春诞生，此时周年山野尝。
相聚萍水真诚爱，悠悠情愫意绵长。

▲ 上九山状元旧居

◀ 古村

① 九山，这里指济宁邹城市石墙镇上九山古村落。现已打造成旅游景点。

冬泳

寒冷不可挡，如同刀剑刮。
解衣入湖中，敢去水里耍。

刺骨透肌肤，浑身已全麻。
轻游浪无声，但恐惊扰她①！

▼ 礁石和海

① 害怕惊扰湖面戏水的野鸭。

同学聚

年末岁尾话末日[1]，
姐妹五人缘情分。
沧桑巨变五十载，
厮守一生温香馨。

▲《国色天香》叶景刚（天津市），中国美术家协会会员，国家一级美术画师，中国东方研究会研究员。

▲ 同学书院聚

① 谣传说2012年12月31日是世界末日。当天5位同学相聚，提起此说，大家不屑一顾。

不懈怠

北风裹浪扑面来，
湖水刺骨难承载。
白鹭翻飞婀娜姿，
临冬沐泳不懈怠。

▼奔腾不息

天高云淡

深秋天凉人渐懒，
天高云清早为先。
纵身跃湖全凭胆，
水寒两千志愈坚①。

今夏至此六十天，
先耳后脚小灾难。
雄心壮志功不减，
一天天过体魄健。

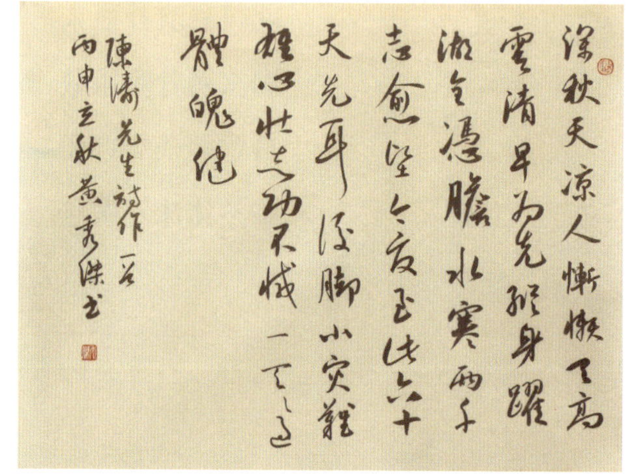

▲《天高云淡》黄秀杰（济宁市），山东省书法家协会会员，济宁市书法家协会秘书长，济宁市文联创联部主任。

◀松云

① 两千：入水后一气游2000多米。

涛聚三月有感[1]

涛聚三月整，
父母见识同。
甲午姐妹见，
自此不了情。

▲ 关帝庙

① 涛聚：济宁市名叫陈涛的人有十多位在一起相聚。

吾侄高中博士有感

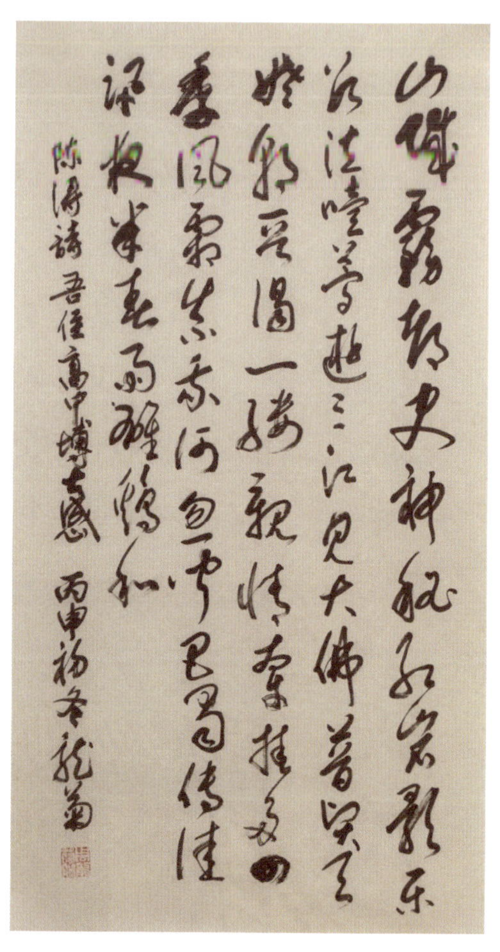

▲《吾侄高中博士有感》周龙菊（四川），彭州市政协诗书画院，前江画院协会会员。

山城雾都史神秘[①]，
红岩歌乐数泣噎[②]。
梦游三江见大佛[③]，
普贤天姥朝觐谒[④]。

一缕亲情牵挂多，
四季风霜奈我何[⑤]？
忽闻巴蜀传佳讯，
夜半春雨雄鸡和。

---

① 山城雾都：指重庆市。
② 指读《红岩》小说时数次哽咽。
③ 大佛：乐山大佛。
④ 天姥山与天台山相对，传说登山人听到过天姥仙人的歌唱，因此得名。天姥山峰峦峭峙，仰望如在天表，冥茫如堕仙境。
⑤ 暗喻侄儿家庭变故，父母离异。

贺文彤、杨苏婷喜结连理

在这春天里，
昨夜的春雷是送给你们的，
热烈而欢快的礼炮。
今天明媚的阳光是送给你们的，
美好而真挚的祝福。
绽放的鲜花为你们的牵手，
而兴高采烈。
芬芳四溢的春潮簇拥着，
你的未来甜美的梦。
执子之手与子偕老！
也许，
生活的路上有坎坷，
未来的天空有风雨，
岁月的流逝很无奈。
但是，
你们要坚守今天彼此的承诺，
一生相守，
一生相爱，
不离不弃。

愿你们
沧海桑田
海枯石烂
此心不变
精心呵护
永不褪色的情缘

▲ 喜结连理

陈涛生日贺

习习春风唤枝芽，和煦阳光沐百花。
三十八年阴阳历，重双一天你我她[①]。

寿诞相庆济州岛[②]，吹烛许愿脸划画[③]。
欢声笑语生日歌，筑梦未来好年华。

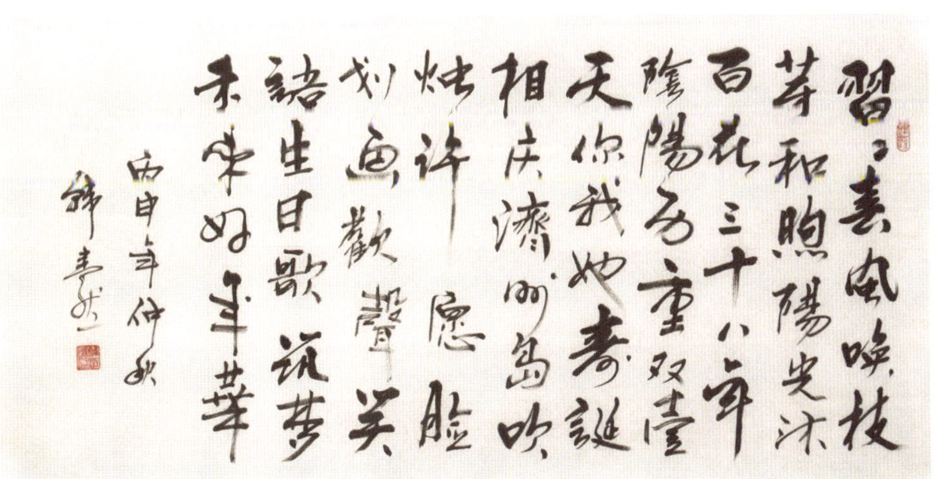

▲《陈涛生日贺》韩青冉（济宁市），济宁市书法家协会会员。

① 2016 年 3 月 10 日（农历二月初二，俗称“龙抬头”），这天是山东省济宁市北城集团总裁陈涛先生的生日。几位同姓同名的朋友与他一起过生日，祝贺他生日快乐、北城集团事业更加辉煌，陈涛们共享美好生活。

② 济州岛：酒店。

③ 脸划画：把蛋糕奶油互抹脸上。

今昔婆媳

昔日婆婆好威严，八面临风坐堂间。
举脸哼哈不言语[1]，儿媳抱子泪涟涟。

谁曾梦想翻了天，奶奶携孙吃喝穿。
爷爷接送陪教玩，媳妇“苹果”光鲜艳[2]。

▼木府护法殿

① 哼哈：此处指“哼哈二将”，佛教守护庙的两个神，形象威严，盛气凌人。
② “苹果”：泛指手机、电脑等电子产品。

王晨讀博在山城風雨家境有嘆聲
一往無前向光明管它春夏與秋冬

◀《王晨生日赞》魏然（嘉祥），嘉祥书法协会理事，济宁儒家书法院理事。

王晨生日赞[1]

王晨读博在山城，风雨家境有叹声[2]。

一往无前向光明，管它春夏与秋冬。

▼重庆一广场

① 王晨：妻侄。

② 指父母离异。

赠吾儿孙

吾儿吾孙子子传，
弃恶扬善修正果。
人道神道儒释道，
咪佛阿佛心中佛。

红尘羁绊何其多，
银河天堑无言歌[1]。
儿孙齐福天年过，
人生一世不白活。

▲《赠吾儿孙》陈云教（嘉祥），山东省书法家协会会员，嘉祥县书法家协会会长，济宁市圣城文化研究院院长。

◀云南丽江永胜资助山里学生

① 暗喻儿子婚姻矛盾。

▲ 广州沙面建筑物

夜游珠江有感

(一)

细细碎涛灯映影，
姊妹结伴珠江行。
坐看两岸五彩灯，
江天绚烂送微风。

▶ 广州“小蛮腰”

夜游珠江有感

（二）

珠江清风两岸色，
花城簇拥夜明月。
百年情缘系沙面[①]，
波涛平稳轻音乐。

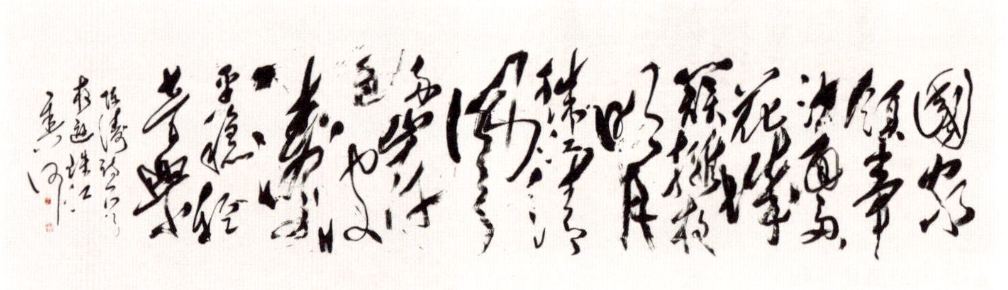

▲《夜游珠江有感（二）》于春河（济宁市），山东省书法家协会会员。

① 沙面和珠江两岸的近代西式建筑如今已成为羊城（广州）独特的历史景观。这些著名建筑都出自一位澳大利亚建筑设计师：亚瑟·威廉·帕内。帕内生于 1878 年 1 月 5 日，卒于 1964 年，享年 86 岁。先后学习建筑与绘画，曾游历非洲、欧洲、美国和新西兰，1903 年他来到广州沙面，与友人创办以建筑事务为主业的治平洋行，他设计的广东士敏土厂办公楼后来成为中国民主革命的总指挥部——孙中山大元帅府。在沙面，有九座他的心血之作已成为沙面的地标性文物建筑。百年情缘，把两个名字连成一体：沙面·帕内。

初冬祭

昨日冬雨浸润田，今晨雾蒙阴沉天。
驱车祭妻家祖先，坟前三叩谢生前。

陪伴岳母黄金山[①]，聆听忆诉儿时玩。
冷雨淅沥农家餐，返城华灯初上杆。

▲ 松间山道

① 黄金山：山东省邹城市郭里镇黄金山村小山包。

登摩天轮[1]

漫升轻转摩天轮，
高楼大树渐渐深。
远眺城市已无尽，
近观池荷多残损。

▲《残荷听雨》李潔（北京），中国美术家协会会员，北京画院画师，全国实力派青年画家。

▼摩天轮

① 带孙儿在儿童活动中心游玩，登上摩天轮，抬眼望不到城市的尽头。暗喻城市发展速度快。

喜相安

天高云淡泗泰边[①]，
凤仙龙门灵光显[②]。
戏柿寻蜜板山栗，
一家儿孙喜相安。

天高雲淡泗泰邊鳳僊龍門靈光顯
戲柿尋蜜板山栗一家兒孫喜相安
右錄陳濤詩詞喜相安丁酉春月寶華書

▲《喜相安》吴宝华（微山县），中国书法家协会会员，山东省书法家协会妇女委员会委员，济宁市书法家协会理事，微山县书法家协会副主席。

▲ 喜相安

---

① 泗泰：泗水县与泰安市交界处。

② 凤仙：指凤仙山，海拔 608 米。孔尚任隐居处。龙门：指龙门山，山腰有灵光寺。两座山均在泗水县境内。

随感

失之交臂的痛[1]

桃花开放的季节里，
妻儿孙走进了小小的村庄。
那五彩缤纷的鲜花呀，
苞蕾初露或盛装待放，
我愿在这花的海洋里尽情畅想。

▲ 泉林

泉林的水是多么的清澈，
孕育着绿色的天堂。
返家的途中偶遇仙石一丝灵光，
我正在出手时，
那人却收入了他的怀囊。

▲ 安山寺景观石

① 三月桃花绽放的季节里，家人一同去山东省泗水县赏桃花观泉林，偶遇一吸水石，有些奇特，作者正想请走时，却被另一游客捷足先登，失之交臂，无缘相伴，十分可惜。

胆气

北风扶浪风雨急，
波涛汹涌寒冷袭。
湖面珍珠掀雾气[①]，
纵横畅游近千米。

▲ 山湖庙

① 雨滴打在湖面，泛起珍珠一样的水泡。在天气非常恶劣的时候，作者仍然坚持游泳。

枫叶

（为水木童话红叶节开幕式作）

水木童话十年秋，
枫树红叶染枝头。
菊艳雍华独孤傲，
痴情片片蕴含羞。

▲ 水木童话园

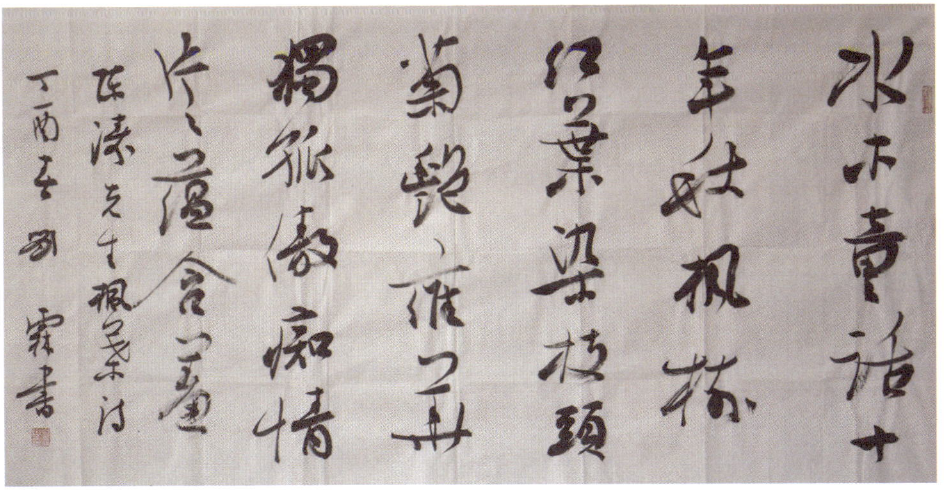

▲《枫叶》刘霖（微山县），中国书法家协会会员，济宁书法家协会副主席，微山县书法家协会主席。

晚秋

斜阳西下照湖面，
太阳辉煌一串串。
水中畅游何等闲，
秋色美景鸭相伴。

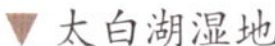

▼太白湖湿地

跆拳道[1]

白服一身跆带捆，

百折不屈克己身[2]。

忍耐廉耻知礼仪[3]，

赤脚空拳武术魂。

▲ 课间休息

◀《跆拳道》林建平（济宁市），济宁书法家协会会员。

---

① 跆拳道：现代奥运会正式比赛项目之一，起源于朝鲜半岛。韩国民间流行的一项搏击术。“跆拳道”一词是 1955 年由韩国的崔泓熙将军命名。

②③ 跆拳道精神。

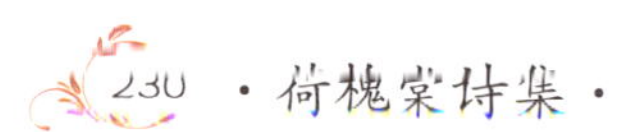

雨花斋悟

广安禅师一夙愿[1]，圆寂时倾九万元[2]。
素食淡茶慰众生，感恩自然皆向善。

南北东西六百间[3]，儒乡花斋涛开办[4]。
积德乐施倡大义，不问四季是何年。

▼志愿者

---

① 广安禅师：杭州广安禅寺大师广安和尚。夙愿：一生希望办素食斋，让天下众生吃素食。

② 一生积攒九万元，2012 年圆寂时拿出与人合办雨花斋。

③ 目前，全国雨花斋已开办 600 余家。

④ 北城集团总裁陈涛先生于 2016 年 6 月在济宁开办第一家雨花斋。

暑期曲师大[①]

三十年后母校园，葱茏小树今参天。
学堂寂静子难觅，独让蝉声鸣一片。

舐犊雕塑图书馆，华翠小桥假石山。
过后现在创将来[②]，科技大楼学不厌[③]。

▼曲阜师范大学

① 曲师大，曲阜师范大学。
② 陶行知语：分析过后，抓住现在，创造将来。陶行知塑像刻题字。
③ 孔子塑像前刻孔子语：学而不厌，诲人不倦。

献给哈佛摇篮国际学校

（值世界诗歌日，为哈佛摇篮国际小学作）

悄悄春风醒枝芽，理念浸润儿年华[①]。
哈佛摇篮国小辰[②]，儒乡名校一奇葩。

北大附学联建她[③]，蒲公智库育栽花[④]。
亦庄实验设课程[⑤]，圣地幼子国际化。

济宁哈佛摇篮国际小学

① 理念：指哈佛摇篮国际小学教育理念。
② 国小辰：哈佛摇篮国际小学诞生于 2015 年 12 月 19 日。
③ 北大附学：指北大附属实验学校。她：这里指哈佛摇篮国际小学，表尊敬。
④ 蒲公智库：指蒲公英教育智库。是中国大陆第一个专注学校创新、致力于推动普通学校卓越发展的民间教育智库。地址位于重庆市渝北区。
⑤ 亦庄实验：指北京十一学校亦庄校区。这是中国教育变革试点单位。

读后感[①]

南柯一梦岂遮辉，
祖上革命尽躬瘁。
忠厚世家常低调，
清静大道远深微。

▲ 水晶花

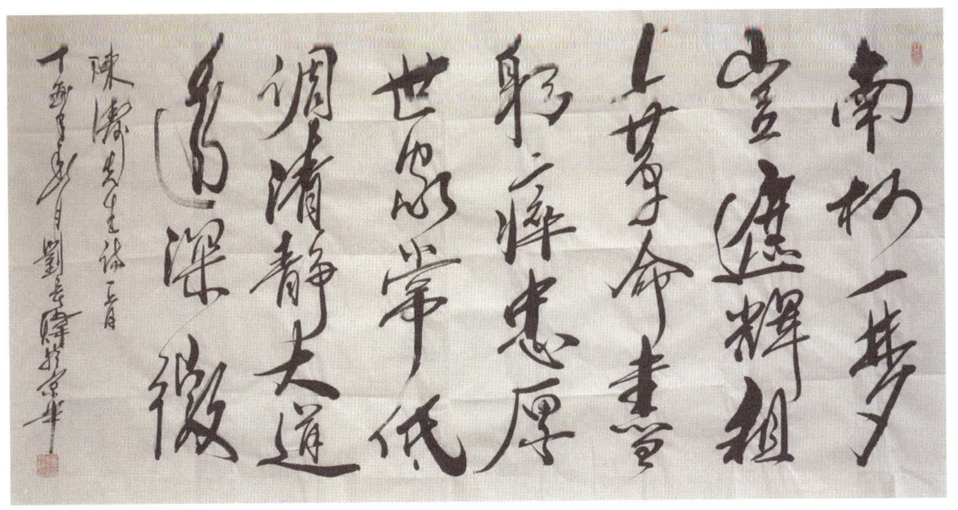

▲《读后感》刘长玮（徐州市），著名书法艺术大师《书坛怪杰》，北京“一笔龙”，大风歌书画院院长，汉高祖刘邦第七十三代孙。

---

① 读了同事的三篇文章，感觉像读名著，思考再三，用一首诗和一组菊花作为读后感。

▲ 摆渡

摆渡人[1]

冷风飕飕凄荒原，山谷岩壁悬崖寒。
恶魔撕咬魂魄散，湖面污浊水凶险。

空间时间皆无限，宇宙天体缥缈瀚。
生生死死皆自然，神灵摆渡心无憾。

▲《昭君出塞》韩安东，中国美术家协会会员，北京书画艺术研究院职业画家，国家一级美术师，孔儒画院常务院长。

① 《摆渡人》是英国作家克莱儿·麦克福尔所著的一部史诗般的动人故事书，惊心动魄，生死之间，直面人生。作者读后久久不能释怀，灵魂深处萌动诗意，新年前夜创作同名诗《摆渡人》。

蜀地行

映秀水磨羌寨新[1]，
乐山巨佛三江震[2]。
雾雨峨眉万年寺，
香拜普贤暮渐深。

三星堆溯四千载[3]，
宝光佛塔紫烟馨。
牟尼沟壑挂银瀑[4]，
九寨五彩山水韵[5]。

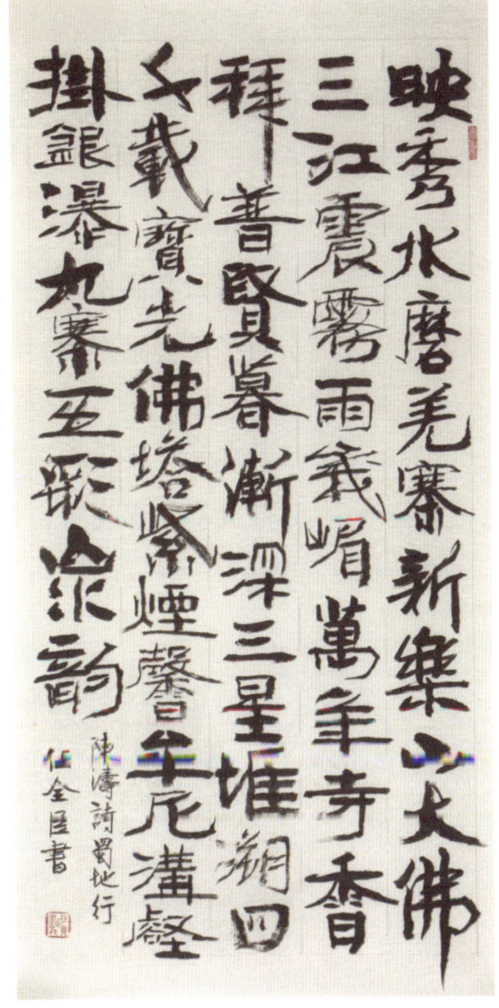

▲《蜀地行》任全臣（山东省郓城），山东省书法家协会会员。

---

① “5·12”大地震映秀恢复重建一周年时，作者游历了映秀镇。

② 乐山大佛为弥勒坐像，通高 71 米，头高 14.7 米，头宽 10 米，肩宽 8 米，颈长 3 米，耳长 6.7 米，头上发髻 1021 个，脚背宽 8.5 米。工程浩大，历时 90 年。距今 1200 多年的历史。“三江”：岷江、大渡河、青衣江。

③ 三星堆：1986 年，考古学家在此地发掘出了两座大型商朝时期的祭祀坑，遗址内三个人工夯筑的黄土堆与北部的月亮湾隔河相望，形成“三星望月”之势，故被命名为三星堆。

④ 牟尼沟位于松潘县西南牟尼乡境内，面积 160 平方千米，景区林木众多，大小海子色彩斑斓，造型多变，瀑布气势恢宏，富丽壮观。

⑤ 九寨五彩：九寨沟，五彩池。

雾锁南池①

紫气云雾满南池，忽隐忽现王母阁。
百子千姿献寿桃，湖水粼粼纱漫过。

林森亭台廊桥多，鸟鸭嬉戏唱欢歌。
数九寒冬喜观雪，待春花开邀远客。

▼百子献桃

① 南池，古南池，位于济宁市任城区王母阁路西侧，池周二三里许，早在唐代就是游览胜地之一，唐代大诗人杜甫曾与任城许主簿共游南池，留下了“秋雨通沟洫，城隅进小船。晚凉看洗马，森木乱鸣蝉。菱熟经时雨，蒲黄八月天。晨朝降白露，遥忆旧青毡”的诗句。古南池的盛名经久不衰。

赠成都李智[1]

蜀道川西好兄弟，千里万里真情谊。
早晚无规打扰你，鲁都天府情依依。

▲ 作者（右一）与李智（右三）等合影

① 李智：四川巴斯迪集团有限公司董事长，四川省政协委员，四川省政府发展研究中心特约研究员，中国性学会医疗保健用品专业委员会常务副会长，四川大学工商管理学院硕士生导师，四川省工商联合会涉外企业商会常委，成都锦江区人大常委会常委，四川省光彩事业促进会常务理事，成都市锦江区工商联副主席，《品尚》都市生活杂志社编委等。作者与李智先生交往十几年，互相到对方城市多次，一直保持联系。

▲ 秋菊

菊

百花凋零你涌现，浓霜乍寒愈灿烂。
千娇百媚婀娜姿，姹紫嫣红绚斑斓。

溯源中国世界传[①]，药用观赏几千年。
菊月清香花烂漫[②]，雅俗贵贱甘贡献。

▶《採菊图》张清智（河北苍州市），中国美术家协会理事、中国华侨画院院长、中国华侨艺术家协会副会长。

---

① 菊原产于中国，久经栽培，品种很多，为著名的观赏植物。世界各地普遍栽培。黄、白菊均可药用。
② 菊月：阴历九月是菊花开放的时间，因称九月为“菊月”。

“儿童与阅读”大型公益论坛感怀[1]

闪电划天宇，春雷当空鸣。
喜雨潇潇洒，书坛讨论声。

泱泱载文明，哈佛国小功。
唤醒民众意，一片赤子情。

▼ 绽放

① 2016 年 4 月 23 日，济宁大地春雷阵阵，电闪划空，甘露喜降，和风清爽。这天，北大附属实验学校哈佛摇篮国际小学（济宁）举办“4·23 世界读书日”儿童与阅读大型公益论坛活动，400 多位专家、学者、孩子、读书人与会。

禅感[1]

▲ 乐山

执着一生伴，禅悟近暮年。

人我具相忘，凡圣又何干。

本来无一物[2]，佛缘法无限。

两头俱截断[3]，一剑倚天寒。

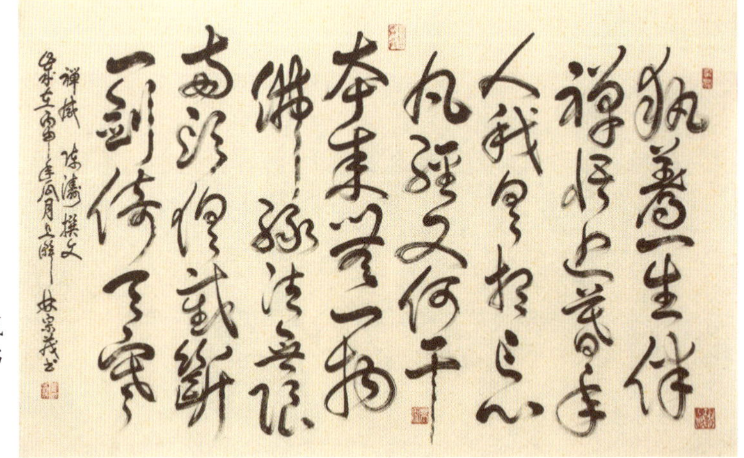

▶《禅感》林宗茂（台湾），台湾书法家。

---

① 读圣严法师著《圣严说禅》感悟。圣严法师，1930 年出生于江苏南通县，2009 年圆寂。他是国际知名禅师、教育家、学者、作家。他以中、日、英三种语言，在亚、美、欧各洲出版著作近百种。

② “本来无一物”：既没有生死，也没有涅槃；既没有烦恼，也没有智慧。《圣祖坛经》上有一则禅宗故事。神秀禅师写了一个偈子给五祖弘忍大师看，内容是：“身是菩提树，心如明镜台，时时勤拂拭，莫使若尘埃。”师弟慧能看到后也念出四句，请别人帮他写在墙上，“菩提本无树，明镜亦非台，本来无一物，何处惹尘埃。”境界洒脱，开悟自在。

③ 日本一位将军在出征之前去问来自中国的明极楚俊禅师：“在生死交关的时候该如何？”禅师说：“两头俱截断，一剑倚天寒。”他的意思是把生死对立的观念放下之后，本来面目自然就出现了。

变形金刚[①]

钢铁精细植人魂，大小悬殊丈分寸。
威力智慧富情感，善恶美丑泾渭分[②]。

太空宇宙任行走，战车飞船炮变身。
毁灭护卫保人类，星球大战火焰纷。

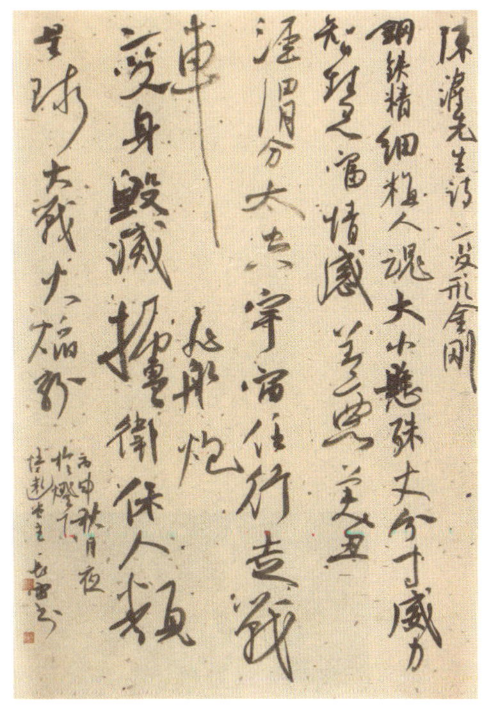

▲《变形金刚》段长雷（滨州市），博兴县青年书法家。

◀机器人

① 《变形金刚》是历史上最成功的商业动画之一，它在玩具市场和音像市场上取得的成功是空前巨大的，以至于 20 世纪 80 年代一度风靡全球，在欧美多个国家都兴起了一股“变形”热，让“transformers”成为全世界家喻户晓的名词。

② 泾渭：泾渭分明。泾河水清，渭河水浑，泾河的水流入渭河时，清浊不混，比喻界线清楚，是非分明。

立春[①]

立春雪来时，
举国同庆春。
马年好耕田，
好景常更新。

▲ 春天瀑布

① 立春：二十四节气之一，于每年公历 2 月 3 日、4 日或 5 日交节。我国以立春为春季的开始。

野外泳

强寒冬气来，风雪植物衰。
水凉刺肌肤，不轻言懈怠。

法则自然界，物竞优劣汰。
人凭一身胆，生死度天外。

▲ 乍暖还寒

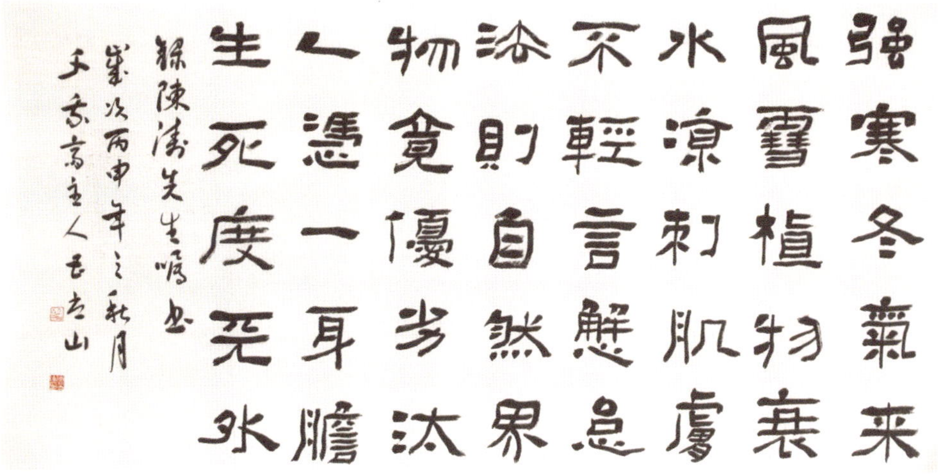

▲《野外泳》曹立山（滨州），中国书法家协会会员，博兴书法家协会副会长。

恐高[1]

（晚逛万达广场）

仿古城楼半空绣，
七楼顶端玻璃透。
放眼俯瞰万物小，
腿颤心慌汗直流。

▲《恐高》 宋来智（淄博市），山东能源淄矿集团葛亭煤矿矿长。

▲ 俯瞰

① 恐高：即高处恐怖。

“战济南”[1]

▲ 抗日先烈碑

心事用在大事上[2]，
战胜自己能成仙。
关键时刻智出手，
狭路相逢敢亮剑。

酷暑寒冬战济南，
书海畅游不畏艰。
待到山花铺路面，
出人头地把家还[3]。

---

① “战济南”：妻侄王安邦只身一人去济南，备战高考近一年，以此诗鼓励。
② 曾国藩书：出奇制胜之第 7 页，“把心事用在大事情上”。
③ 出人头地：超出一般人，高人一筹。

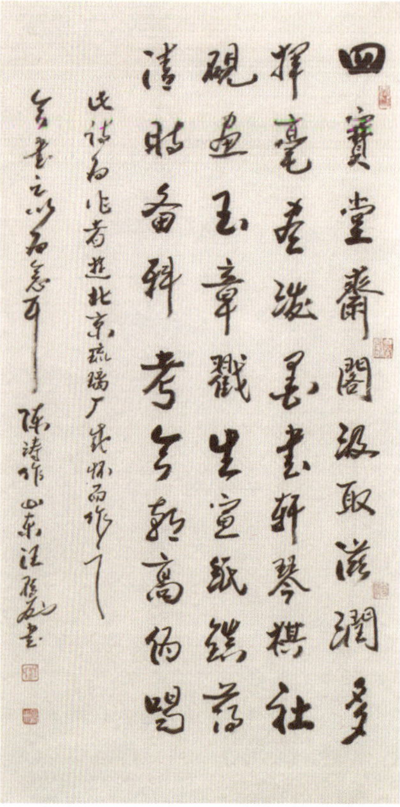

琉璃厂[1]

四宝堂斋阁[2]，汲取滋润多[3]。
挥毫尽泼墨，书轩琴棋社。

砚画玉章戳，生宣纸镇薄。
清时备科考[4]，今朝高伪喝[5]。

◀《琉璃厂》汪万湘（济宁市），当代书画艺术家，山东省书法家协会会员，中国书画研究院高级书画师。

▶ 禅师图

① 琉璃厂：即琉璃厂大街，位于北京和平门外。是北京一条著名的文化街，它起源于清代。
② 四宝：即文房四宝。旧时对纸、墨、笔、砚四种文具的总称。文房谓书房。
③ 汲取：即汲取阁，店名。这里指中国几千年文化，后人不断汲取营养并创新发展。
④ 清朝时，参加科举考试的举人大都集中在这里。因此，出售笔墨、纸张、砚台、书籍店铺较多，形成了浓厚的文化氛围。
⑤ 高伪喝：沿街到处吆喝兜售仿真名人字画作品。

悟

水寒刺骨托上帝，
衣物丢失何所惧。
本来赤条无牵挂，
欲去裸身更如意。

▲ 乐山佛禅（1）

▼ 乐山佛禅（2）

观新文人画展感①

寻宗求道苍鹰翱，
新雁长飞品愈高。
孜孜以求不寂寥，
大意天下独立傲。

▲《观新文人画展感》李新雁（济宁市），中国当代新文人画家，中国文房四宝协会会员，济宁市美术家协会副主席，济宁九三书画院院长。

▲ 万古楼

① 2015 年 12 月 18—22 日在济宁市群众艺术馆举办“寻宗求道新文人画展”。济宁美术家协会副主席李新雁先生作品参展。作品擅长苍鹰画，大写意。

七夕[①]

鹊桥仙会在七夕，一年周期实不易。
天上人间多合离，但愿苍生少悲剧。

银河天堑无情义，玉帝震怒王母气。
偏见鄙视难相容，古往今来睐遥期。

▲《七夕》赵倩（北京），中国美术家协会会员，中国青年百杰画家，中国艺术研究院研究员，山东画院特聘画师。

① 七夕：节日名。阴历七月初七晚上。古代神话，七夕牛郎织女在天河相会。《风俗通》（韩鄂）：“织女七夕当渡河，使鹊为桥。”相传，玉帝第七个女儿向往人间生活，私自下凡，同卖身葬父的长工董永结合。后玉帝派天兵天将把她追回天庭，用一道天河（银河）将两人分开，一年相会一次，只能在七夕这天。

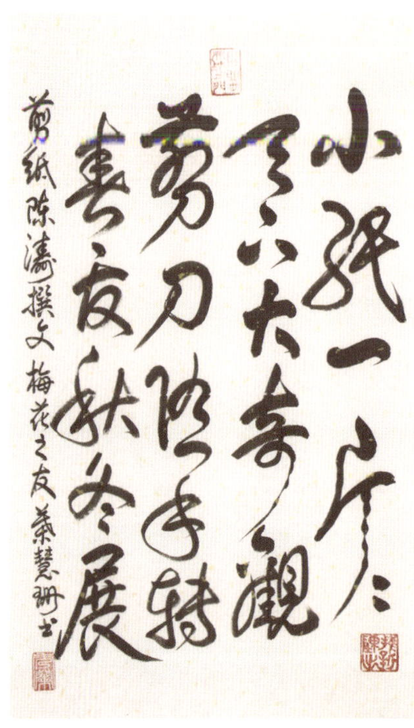

◀《剪纸》叶慧珊（中国台湾），中国台湾书法家。

剪纸[1]

小纸一片片，
天下大奇观。
剪刀随手转，
春夏秋冬展。

▶ 回廊

---

① 中国民间传统装饰艺术的一种。全国各地民间都有不同风格的剪纸作品。起源于汉唐时代，济宁市宣阜巷剪纸项目传承人李占恒，把鲁西南剪纸艺术整合，申请国家非物质文化遗产获得成功。产品装裱成画，远销东南亚和中国香港、台湾地区，或做礼品馈赠中外客人。

儿童之家之万圣节[①]

蜘蛛丝网悬挂空，骷髅气球摇摆风。
黑色蝙蝠眼幽冥，鬼灵怪异黑屋中。

万圣之日多寒冷，儿童装扮妙趣生。
欢快游戏糖果盛，家园同乐笑语声。

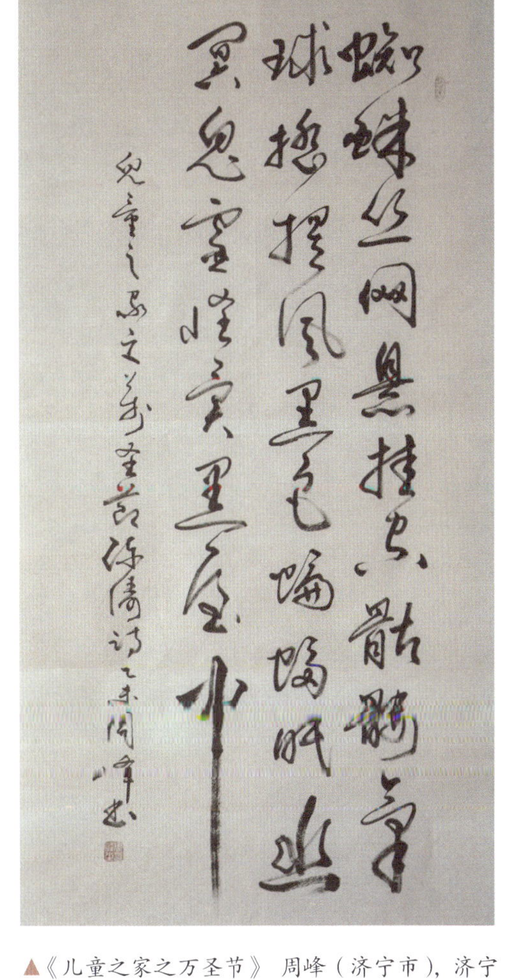

▲《儿童之家之万圣节》 周峰（济宁市），济宁任城区儒家书画院副院长。

◀怪兽屋

① 儿童之家：哈佛摇篮儿童之家幼儿园。万圣节：在每年的10月31日，是西方世界的传统节日，当晚小孩子会穿上化装服，戴上面具，挨家挨户收集糖果等。万圣节通常与灵异的事物联系起来，欧洲传统上认为万圣夜是鬼怪世界最接近人间的时间。

北京印象

青灰胡同四合院[1]，
牌坊店铺烟袋街[2]。
银锭观山前后海[3]，
恭王府邸清史载[4]。

▲ 恭王府

① 四合院：我国传统的院落式住宅之一。其布局特点是围绕院子，四边布置堂屋、住房和厨房等。一般门窗开向院子，对外不开窗。北京四合院最为典型。

② 烟袋街：即北京烟袋斜街，位于北京市地安门外大街鼓楼前。在清末至20世纪二三十年代，街内以经营旱烟袋、水烟袋等烟具、古玩、书、画、裱画、文具及风味小吃、服务行业等为主，其建筑风格朴素并有北京城特点，是北京城较有名气的文化街。

③ 银锭桥位于前海和后海的交界处，始建于明代，由于像一个倒置的银锭，所以叫银锭桥。此处"银锭观山"为西漄八景之一。

④ 恭王府是中国现存王府中保存最为完整的王府，始建于乾隆四十一年（1776），府主中有两位曾声名显赫，权倾一时，一位是乾隆皇帝宠臣大学士和珅，一位是同治皇帝的议政王恭亲王奕䜣。恭王府由府邸、花园两部分组成，占地面积约6万平方米。恭王府邸及花园积淀着历史的年轮，蕴含着清代王府文化的精深与璀璨，"一座恭王府，半部清朝史"，便是其真实写照。

春节[1]

有弇兴春节[2]，爆竹辞旧岁[3]。
千里为一聚，家家喜酣醉。

扫屋换新衣，贴福选门对。
年货生熟齐，压岁小儿辈[4]。

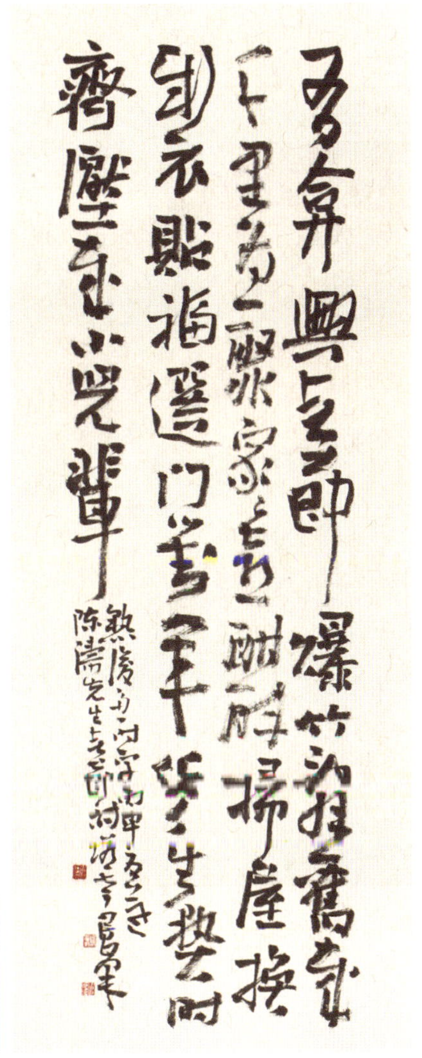

▲《春节》乌峰，中国书法家协会会员，山东省书法家协会理事。

▲春日里

① 春节：为中国农历一月一日，即正月初一。
② 江淹《杂体诗·张黄门协〈苦雨〉》："有弇兴春节，愁霖贯秋序。"
③ 用多层纸张密裹火药，接以药线。玩时点燃药线，引起火药爆炸发声。也叫"炮仗""爆仗"。
④ 旧俗：阴历除夕以彩绳穿线，置于床脚，谓之压岁钱；尊长给小孩者，亦谓之压岁钱。

▲ 蒙古包

耶稣与佛门

耶稣降生新约时[①]，
十字架前被钉死。
三日复活接天去，
献素献赎乃祭司[②]。

释迦皈依创佛门[③]，
紫气祥瑞敬观音。
一心向善弃世俗，
春夏秋冬修正身。

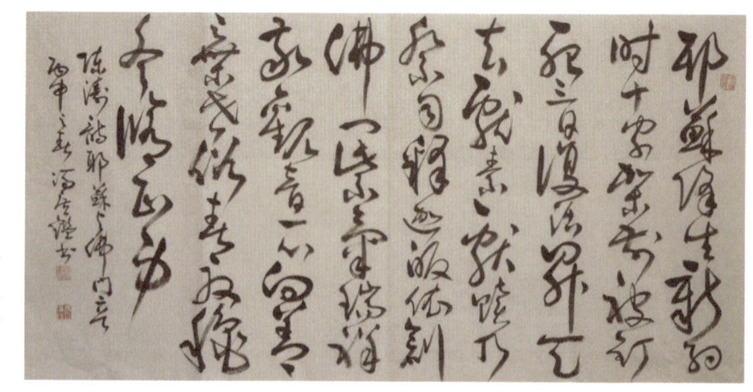

▶《耶稣与佛门》冯广鉴（济宁市），中国书法家协会会员，中国楹联学会常务理事。

---

① 新约时：即公元 1 年。
② 《圣经》献素祭：祭司要从其中也就是从素祭的细面中，取出自己的一把，又要放些油和素祭上所有的乳香，烧在坛上，奉给耶和华为馨香素的纪念。献赎罪祭：要在耶和华面前宰燔祭牲的地方，宰赎罪牲，这是至圣的。
③ 释迦：释迦牟尼，佛教的创始人。

千年风①

清风习习吹，
静静上山岗。
千年雕石刻，
自然来梳妆。

田野一片绿，
鲜花送万方。
大爱行善事，
[illegible]

▲ 佛

① 夏至日，随教育部关工委领导去农村一小学看望留守儿童。

给蒙古大营致贺[1]

任兴蒙古九大营，
三味中筹细美精。
红兰黄旗二十一，
鲁西郝马生意兴[2]。

▼《给蒙古大营致贺》王本杰（北京），中国美术家协会会员，中国工艺美术家协会会员，北京彩墨画院副院长，中国书画报副主编。

① 蒙古大营：酒店。用红蓝黄旗共二十一个蒙古包设计成餐厅，烹饪方法具有浓郁的蒙古族特色。
② 郝马：酒店两位老板。

桃园聚[1]

速五涛聚两年整，今朝桃园再相逢。
刘备关张生死拜[2]，怎比兄弟姊妹情。

山谷花海沐春风，片片层层别样红。
纯洁互敬无功利，贵贱贫富重人生。

▲ 桃园

① 游山东省泗水县泗张镇桃花园感怀。2014 年 4 月 10 日，八位素不相识的同姓名的陈涛在速五酒店相聚，至此在济宁已找到 21 位陈涛。

② 刘备，三国时蜀汉的建立者，即蜀汉昭烈帝，在位三年。关羽、张飞均为三国时蜀国大将。东汉末从刘备起兵，结拜桃园，生死兄弟。

写在 4 · 23 世界读书日

▲ 原始人居

仓颉造字黄帝远①，
甲骨龟文溯渊源②。
西汉武皇灞桥纸③，
毕昇胶泥印刷板④。

承载万物缥浩瀚，
时空无限掀波澜。
书尽一切皆可能，
只苦人生何其短？

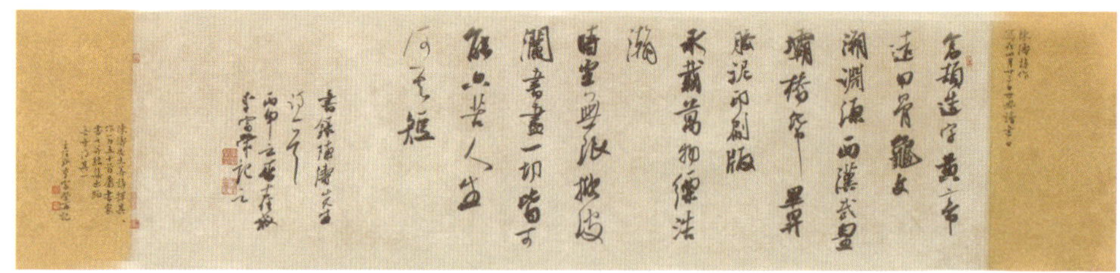

▲《写在 4 · 23 世界读书日》李富荣（济宁市），济宁市青年联合会书法家。

---

① 仓颉：也作苍颉。旧传为黄帝的史官，汉文字的创造者。黄帝：传说中原各族的共同祖先。姬姓，号轩辕氏，有熊氏。

② 甲骨：甲骨文，古代刻在龟甲和兽骨上的文字。龟文：龟甲文字，1977 年在陕西岐山县（古周原）古代建筑遗址发现西周早期龟甲文字。现在的汉字就是从甲骨文演变下来的。

③ 灞桥纸：1957 年 5 月，陕西省西安市郊灞桥汉墓中发现汉武帝时期的文物和一些纸残片，经化验分析，断定它是现存世界上最早的植物纤维纸——灞桥纸。

④ 北宋时，布衣毕昇发明了活字印刷术，用胶泥刻字，上墨印书。在印刷事业上是个划时代的技术创新，也是对世界文明的重大贡献。

贺儿童之家开园

儿童之家开园期，
风雨雷电冰雹急。
蒙梭育儿感上帝，
天公拨云送凉意。

初灯盛典大开启，
简洁明快欢乐喜。
蓝天摇篮聚人气，
哈佛幼教争朝夕。

▲ 花海

说狗[1]

狗是人类最亲近的朋友之一，
它不仅忠诚更敢于担当，
它探险拯救危难的人奋不顾身，
它看家护院尽职尽责，
它对“敌人”疾恶如仇，
它善解人意，苦乐同舟，
它守候主人的归期，至死不渝，
它被中华民族列为十二生肖之一，
它牺牲自己奉献人类……
品德的纯真不失伟大。

▲ 狗狗（1）

狗也存在着缺陷，
它发狂的时候六亲不认，
它被图谋不轨的人利用，十分凶险，
它能充当做坏事的急先锋，
它可以咬死放牧人的家禽牲。

它随处大小便令今天的都市头痛，
它狂吠的时候令四邻不安，

① 作者喜爱狗，也不反对养狗。然而，不文明的养狗行为困扰着作者，感悟此作。

它不知约束的性行为使养狗的人大打出手，
它改不了吃屎的习性令人厌恶……
狂犬病毒能置人于死地。

敝人生肖狗，
十分喜爱它，
它的忠诚令我感悟，
它的果敢令我钦佩，
它的亲昵令我汗颜，
它的活泼令我向往，
它的模仿令我学习，
它的服从令我尊重，
然而我却不敢养狗，

▲ 狗狗（2）

不知是害怕与狗产生感情，
难舍难离。
不知是狗的寿命短暂，
害怕失去。
不知是狂吠的声响，
扰乱四邻，
不知是随处的便溺，
让人讨厌，
不知是狗的野性和人性并存，
才让我放弃！

曾记得
仓央嘉措童年玩耍时[1]，
在藏南的草原上，
捡拾到一只可怜的小狗。
悲悯
让他把它抱回了家。
儿年的养育，
那小狗却是一只凶猛的狼，
朋友家人让他放弃而他不离不弃，
它却成为主人终生伙伴直至湖殇。

▲ 狗狗（3）

也曾记得，
儿时读过一本描写内蒙古草原的书，
草原毡房和谐的一家放牧为生。
为筹牲畜越冬饲料丈夫远走他乡，
却死在了半路上。
雪上加霜，
一伙歹徒奸妻杀子烧毡房。
被玷污的女人啊不知所踪，
相依的小狗守望灰烬盼主归。
硬硬饿死在曾经温暖的毡房旁。

① 仓央嘉措：西藏达赖六世喇嘛。据传说，他 24 岁沉青海湖而死，那只被他收养的狼同他一道走进冰冷的湖水中。

自然的生灵，
法则的生灵，
智慧的生灵，
伟大的生灵，
人类应当尊重。
优品要光大，
败美要尽善，
人畜要和谐，
万物互平安。
让我们共同守护地球生生不息的自然！

▲ 云冈石窟

四季农事

春分春耕大功奏[①]，
六六抽穗谷粟优[②]。
夏收秋播定年景[③]，
数九寒冬又春秋[④]。

▲《四季农事》徐善安（嘉祥），山东省书法家协会会员，济宁市书法家协会会员，嘉祥县书法家协会理事。

▲《四季农事》侯博瀚（北京），花鸟画家，美术评论家。

▲ 原始农具

① 春分：二十四节气之一。每年 3 月 21 日前后太阳到达黄经 0°（春分点）时开始。中华农谚："春分麦起身，一刻值千金。"春耕：春季作物或栽植前进行土壤耕作的总称。

② 每年 6 月 6 日是植物"庄稼"抽穗开花的季节。

③ 年景：年成。

④ 春秋：指整个一年。

观青岛世界园艺博览园有感

携子抱孙奔世园，千里滨海只向前。
云雾阵雨何等闲，交通阻塞不畏艰。

园车摆渡一二三[①]，文化传承百千万。
天高云淡博艺看，五洲呈现彩斑斓。

《湖山爽气图》孙德文，中国美术家协会会员，国家一级美术师。

① 青岛世界园艺博览园在外围设置3个大型停车场，车停好后，由园区大巴把游客摆渡到艺博园各个入口。

国庆假期游农场有感

◀春江水暖鸭先知

秋日夕阳无限红，
湖里耕田兄业盛[1]。
大豆瓜菜六畜兴，
果实累累可此行。

爷与孙儿情意浓，
依偎朝夕三年整，
跨河追月太白湖，
飞驰轿车起鼾声。

---

① 兄业盛：指微山县鲁桥永喜家庭农场，占地 2460 余亩，整合种粮十年之久。

叹毛驴

小毛驴，很勤奋，一块黑布当眼罩。
认认真真走弯道，磨盘一绕天之角。

小毛驴，常慢跑，不知疲倦无牢骚。
主人挥鞭施令号，负重拉车万里遥。

小毛驴，无饥饱，风餐露宿四只脚。
默默打滚东家笑，贫贱富贵同样报。

小毛驴，不见了，肉上餐桌皮熬胶。
芸芸众生鼓腰包，磨道羊肠成歌谣。

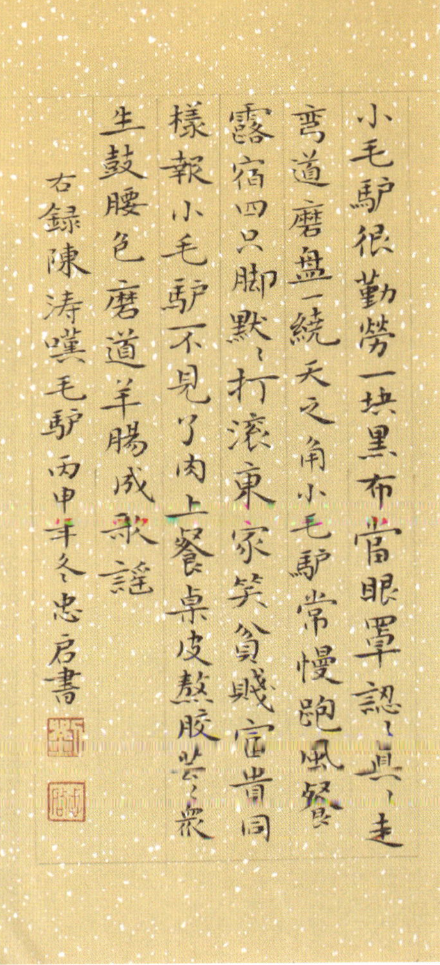

▲《叹毛驴》刘忠启（嘉祥），济宁市书法家协会会员，嘉祥县书法家协会理事。

◀毛驴图

旗袍颂[①]

满清旗人一服饰，
熊虎苍龙十三星，
天鹰两座东北曲，
事物标识好名称。

辛亥汉女遍着身，
变幻多彩绚丽景。
直领开襟腰膝叉，
长短风骚获重生。

▲ 旗袍

① 祝山东省微山县旗袍协会成立。

凤仙山探紫藤花[1]

西阳泄斑点，紫白[2]香山谷。
藤槐拥千年，凤仙夏妆梳。

玉皇白庙址，阿莲背母住[3]。
老君携巨石，金龟满山殊[4]。

▲ 紫藤花

① 春末时，驱车到山东省泗水县凤仙山观紫藤花。
② 紫白：紫藤花和槐花。
③ 相传汉时，凤仙山下有一孝女，名阿莲，父早逝，母多病，恶人逼婚，背母逃至此山一洞中安身。后感动太上老君，于是携来巨石，定于洞口，为母女遮风挡雨，煮蘑菇充饥。后母逝，此女修炼成仙，故曰“仙姑洞”。
④ 此山布满像龟一样的奇石，仰望山顶。

秋的果实

（写在北京济宁商会成立之时）

金色的秋天，
金色的北京，
蓝天和白云，
诉说着果实收获的又一年。

你的勇气，
你的智慧，
上帝赋予你，
担起儒乡人在首都多年的夙愿！

此时此刻，
漂泊的济宁人，
他乡有家，
域外有一个温馨的港湾！

在这叶儿黄的时候，
我又一次，
窥探到你内心深处，

▲“北京济宁企业商会成立暨第一届会员大会”现场

那闪闪发光大爱无疆的情缘！

那是你对家乡的馈赠，
那是你灵魂儒商的情感，
那是你知天命的结晶，
那更是你只争朝夕，
勇往直前的又一个驿站！

今天，
我有幸进京参加庆典，
见证济宁商会的诞生，
献一份深深的祝福和美好的期盼！

团结是铁，
团结是钢，
比铁还硬，
比钢还强！

祈愿北京济宁商会，
天高任鸟飞，
海阔凭鱼跃，
永远在路上！

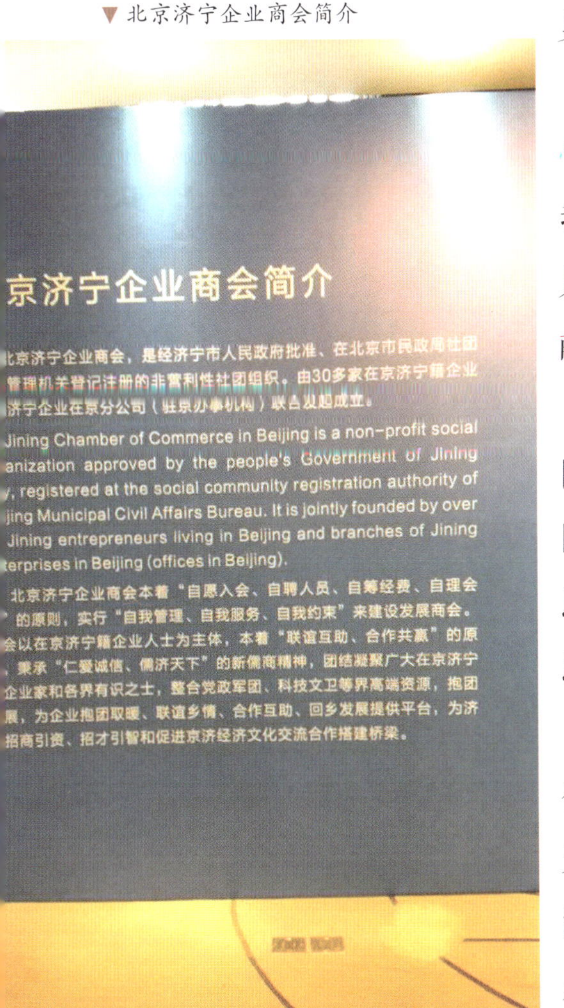

▼北京济宁企业商会简介

省亲颂[1]

小时的记忆，
儿时的教育，怎能忘，
这份根植内心的情谊。

那粗茶淡饭，
乡村的朝夕，
怎能忘，
您送我走出故乡希冀。

我已经成熟，
我正在奔波，
怎能忘，
家乡人那份深情厚谊。

故乡的秋雨，
教师节来临，
怎能忘，
故土带给我一切的您。

▲ 张开水同志

① 教师节之际，在北京工作的张开水同志回乡看望母亲、慰问教师，作者有感而发。

后 记

《荷槐棠诗集》共收录作者237首诗，是作者近十年所写。共分六部分，其中，筑梦篇35首，自然篇39首，历史篇45首，勤奋篇41首，生活篇33首，随笔44首。

诗体以七言、五言为主。本着不求合辙（仄），但求押韵；不求华丽，但求简明；不求深奥，但求易懂；不求高雅，但求顺口。每首诗，从身边的事、身边的人、身边的物信手拈来，感悟必抒，灵感即书。

写诗能找一份宁静，享一份安逸，少一些浮躁，减一些奢望。这几年，我给自己定了两个目标：一是每两周内，必须读一本书，这成为我生活中的硬指标，完成这一目标遭遇了诸多困难，但是，排除各种因素，基本实现了目标；二是每天游泳至少1000米，无论天气状况如何，3月至11月在户外游，其他时间在游泳馆游。十年来从未懈怠。因此，从中获益匪浅。有些诗篇，实际是读后感。如《仓央嘉措》《丘处机》《姜子牙》《爱无疆》等是读完著作而写。通过游泳，远离了疾病，强壮了身体，磨炼了意志。游在水中，是我形成诗篇的最佳时刻。

写诗能净化灵魂，励志向上，保持一颗正直的心和积极乐观的心态。大千世界，熙熙攘攘，万人丛中，独自欣赏。我写诗的初衷，并不是为了发表出版，既不上网也不上微信，只是自我欣赏，是一种兴趣，一种感悟，灵感来了，不得不书；情感激发了，不得不抒！如《扫墓》《羊山重温誓词》《游泳包公湖》等。我上小学二年级时，从市区步行到济宁烈士陵园扫墓，那时的济宁城区很小，陵园在郊区，五十年后的今天，陵园已成为市中心了。五十年前的一幕，恍如昨日，看到小学生在写扫墓的感想、体会，我按捺不住自己的激情，当晚写了这首《扫墓》诗，以鞭策自己，抒发情怀。实际上，很长时间以来，每当我路过济宁烈士陵园时，很想进去找一下灵感，写一首缅怀先烈的诗。2016 年 4 月 1 日，市纪委组织这次扫墓活动，实现了我多年来的一个夙愿。

写诗能赞美祖国的大好河山、文物古迹、风土人情。唤醒人们保护自然、珍惜文物、爱护环境的意识。十多年来，我抽时间，到过很多个省市风景区，寻访过多处文物古迹和风土人情。每到一处，必须留下一段文字。有时，内容多，时间紧，记不住，就用相机或手机把它拍下来；有时，通过景点门票寻找历史典故，每到一个景区的门票都保留下来。或在飞机上，或在火车上，或在索道上，或在宾馆里，或回到家里，看图片，研简介，找资料，用诗的形式，记录下看过的景物。如《三王峪》《拉市海》《冬游九寨沟》等。“八朝古都开封府，包拯来为民做主。择端清明上河图，繁华汴梁百姓福”(《开封游》)。张择端一幅《清明上河图》，再现了当年汴梁繁华场景，百姓安居乐业。汴河两岸店铺林立，市民熙来攘往的场面，表现了南北宋之际的民风习俗。在清明上河园里，一蹴而就写成这首《开封游》。

写诗能歌颂当下美好的时代和祖国的未来。给为这个时代做出贡献的企业、企业家以及默默工作的人们点赞。过往的、回忆的、现实的、理想的、当下的、未来的、了解的……一切的一切，糅进诗里，放入行间，体现字面。如《如意路》《赠如意集团同学》。王燕、李崇昭是我同学，现均为山东如意集团副总裁。2013 年 11 月习总书记到如意视察，集团上下感到莫大的荣幸，激发了全体员工干事创业的激情。恰逢同学从宁夏如意科技产业园回济宁。在一次聚会时，作者欣然写下了这首《赠如意集团同学》的诗。虽然写《赠如意集团同学》，但是同《如意路》一样。实际上是写如意集团创造的辉煌奇迹。如《北城集团》《民营企业办公益》《国庆假日游农场有感》《赠小妹》等，写潘跃勇、陈涛、张永喜先生和王敬华女士创办民营企业、家庭农场，做大做强，涵盖多个领域，解决就业，回馈社会，服务群众，慈善救助，产业文化，传递正能量。如《甲午大同》《爱心六一》《情怀》（一）、（二）写幼儿园、学校，"保育幼师慈母呵""峡谷江风予梦圆"。幼儿园教师像慈母一样呵护着孩子；大山深处的教师教授孩子们知识和理想，金沙江的风，绵绵重山峡谷将见证山里的孩子们圆梦。潘跃勇先生以"强我少年梦"为己任，终生追求。

写诗能传播知识，宣传中华优秀传统文化和传统美德，倡导树文明，践行社会主义核心价值观。如《百字铭》《哈佛摇篮教育集团新年长走大赛活动感怀》等，把社会主义核心价值观和五大发展理念糅进字里行间，宣传学习。为求知识和历史典故的精准性、严谨性，确实做到："为筹诗集午夜中，风急啸啸扣门声。查找出处忘睡梦，一词一典溯源踪。"很多诗引用了历史事件，这些事件通过查找对比不同的资料，最后采用比较权威机构的资料进行注解。如《塞外大漠》《山阳古槐》《做山岛》等。《荷槐棠诗集》(陈涛诗集)的典故多，注释多，涉猎广，面较宽。典故注释存在删减现象，不妥之处还请专家给予指正。

写诗能留住记忆，留住灵感，留住美好的瞬间。让情感四溢，让大爱无疆，让情操升华，让精神永恒！工作和生活给诗赋提供了取之不尽、用之不竭的源泉。只要善于观察，细心揣摩，一定会有所收获。我从事对台工作14年，两次去台湾。参观过远东大学，瞻仰过邓丽君墓，因而写下了《乃昌先生走好》《邓丽君》和《台湾行》等。由于从事过会计、水利等工作，写下了《会计》《水利》《南水北调》等诗。生活中，家庭矛盾是不可避免的，有些现象也走进了我的诗里。如《今昔婆媳》和《杂感》(一、二)、《团圆》等。对《野草野花赞》，也有一番感悟:“初春料峭冷清寒，大地肃杀青青现。万紫千红融一体，千山万水你妆扮。风雨酷暑何等闲，牛羊畜壮我奉献。秋收硕果又临冬，刀割焚烧盼春天。”但愿我的诗像野花小草一样，在自然里顽强生存。陪孙儿练跆拳道，写下了《跆拳道》，看《圣经》感悟了《耶稣与佛门》，立春时想到了《四季农事》，由《菊》进入了《晚秋》，风雨中《野外泳》，春节时畅谈《追梦》,《写在4·23世界读书日》又过《端午》……总之，诗言志，生活里有诗，诗里蕴含着生活和美好的意境。

几年来,《荷槐棠诗集》(陈涛诗集)中的部分诗篇请书法家用书法的形式写出来，特别是一些台湾书法家，也写了一些作者的诗篇，部分画家也以作者诗词的意境创作了一些绘画作品。书法和绘画作品排序，是以诗词的内容编排的，在此特作说明。本诗集登载书法作品100多幅，绘画作品30多幅。同时，诗集选意境图片200多幅，均为作者拍摄。在整理书法和绘画工作中，济宁市政协教科文卫体工作室主任、市政协书画联谊会副主席兼秘书长徐祥放，济宁市书法家协会主席谢长伟，副主席程传新，济宁市孔孟书画院院长、书记张爱惠，微山县人大主任於炜玉，研究室主任高继合，市中区书法家协会副主席兼秘书长汤鲁明，邹鲁画院常务院长刘仰涛，任城区书法家协会副主席尹启云，任城儒家书画院副院长王书印，山东雅正印务有限公司总经理温成彬，摄影师胡波等同志给予本诗集大力支持，在此特别鸣谢！

在《荷槐棠诗集》（陈涛诗集）的写作出版过程中，孔子研究院骆承烈教授以八十多岁高龄之躯，亲自看稿、审阅并作序，倾注了大量心力。对于一位耄耋之年学者大家，我心存敬意，十分感谢。骆教授是我在曲阜师范大学时的授课老师，在两年的学习期间，骆老师渊博的知识、精彩的授课技能、平易近人的笑貌，深深地镌刻在我心里。多年来，我们一直保持着联系。在《荷槐棠诗集》（陈涛诗集）定稿前，我拜读了骆教授的新作《洙泗归元》。

孔子家族书画学会会长、香港回归祖国十周年全国书法大赛特别金奖获得者，年近九十岁的孔继寰老人，冒着酷暑亲自为诗集题写书名，令作者备受鼓舞，十分感佩。

济宁作者周长行先生，对《荷槐棠诗集》（陈涛诗集）十分关注，认真审阅诗稿，提出十分宝贵诚恳的建议并写了诗评。我从他的《一条大河》系列作品中，得到滋润。

中国书法家协会会员，中国楹联学会常务理事，山东省楹联协会副主席冯广鉴先生，对《荷槐棠诗集》(陈涛诗集)的创作出版给予了大力支持和鼓励，并亲自书写诗篇。

哈佛摇篮教育集团董事长潘跃勇先生是作者十几年的老朋友。一直以来，潘总的阅历和创业史，深深感动着作者，很多诗篇的灵感来自这位优秀的教育家、企业家、慈善家及他的事业，作者很多诗篇成形之后，第一时间传给潘总和潘总夫人，他们总是及时给予赞扬和鼓励。在出版发行《荷槐棠诗集》(陈涛诗集)工作上，潘总给予了倾力支持。

济宁市20多位同名陈涛的兄弟姐妹，经常给作者打气助威，提振了作者的精神，坚定了作者出书的决心，激发了作者的创作灵感。特别是北城集团总裁陈涛先生，倾力支持、鼎力相助，把《荷槐棠诗集》(陈涛诗集)当作自己的事来办。他常说："《荷槐棠诗集》(陈涛诗集)只要出版发行了，是我们所有陈涛的荣誉和光荣，这是我们自己的书。"

济宁市科苑小学校长王卫国、济宁市卫生学校曲晓萌、济宁市科协吕贺等，为整理核校作者诗稿付出了辛勤劳动，同时提出了很多建设性意见。

我真诚地感谢他们！感谢各位书法家、绘画家！也感谢所有支持帮助过《荷槐棠诗集》(陈涛诗集)出版发行的各界人士！

作者　陈涛

2016年12月31日

陈涛和他的《荷槐棠诗集》

答应写这篇东西的时候，我就开始后悔。在诗歌面前，我应该永远保持沉默，原因很简单，我不懂诗。写过一些顺口溜似的东西，哪首是诗，哪首不是诗，我也不知道，所以，自答应为陈涛的诗集写篇“评论”之后，我总是处于纠结，也可以说是忐忑之中。

写吧，不是；不写吧，也不是。因为你答应了人家，即便写不到位也得拿出一篇东西。何况何为到不到“位”？只是看法不同而已。至少态度是要真诚的。老友潘跃勇曾经戳穿过我：“老哥讲话，不讲则已，讲则一定是大实话也！”这话是表扬我还是批评我？不必深究，因为他说的也是大实话。做朋友，必须真诚，写诗更得真诚。《荷槐棠诗集》最让我感动的地方恰是她的真诚。陈涛对挚爱的诗之写作是真诚的。一气写了十几年，想写就写，不舍昼夜。他爱诗，爱书，爱的如此真切，如此不弃不离，如此几十年如一日。一部诗集就是他爱的结晶。这本身的确也能发出一首好诗来的。

他的每一个诗句也来自真诚。句句都是有感而发。都是他的亲身经历，耳闻目睹，眼见为实。现在好多人用相机记录所见所闻所感所思所悟。陈涛也用相机。对他而言，相机代替不了诗作。他是个脖子上挂相机的诗人。形象捕捉与形象思维集于一身。

他的诗让人有踏实感。没有一丝虚假之感。没有故作姿态，更没有扭捏！230多首诗作，不能说篇篇都好，但篇篇都实，材料结实，语言结实，结实决定分量！

说这部诗集“结实”，归根结底是出自一位老实人之手。陈涛，是个老实人，我们有过很具体的交往。是一，就是一；是二，就是二。他在市级机关工作了三十多年，还是一身的“实事求是”，这让我既惊讶又钦佩。可以说这部诗集正是他的品格和才情的化身。

行文至此，内行们可能就要喷饭了。这是哪家子诗评？难道说，诗是光讲究“实”的吗？也得讲“虚”啊，“虚”“实”结合才是好诗啊！还得讲浪漫啊，讲格律啊，还得讲思想性、艺术性、可读性……，对不起，开头我就声明了，我不懂诗，无知者无畏嘛！但，我毕竟也不是一点谱不靠的人！我不厌其烦的那个“实”字，是相对于当下“假”字太盛而言的。叫人读不懂，读不下去的东西，背后有“假”作怪啊！物以稀为贵，假太多，真，就显得特别珍贵！大家也都认认真真，写点扎扎实实的东西吧！像“锄禾日当午……”这样的诗句，多“实”啊，多通俗易懂啊，所以娃娃们一读就会背诵，一背诵下来，他们就记一辈子……从这个角度上来说，我为《荷槐棠诗集》写下的这篇小文，也算歪打正着啦！从“假”字为患的“海洋”里扑腾出来吧！靠在真实世界的这把椅子上，读读陈涛的诗句和他向善向实的心……

周长行

2016年10月7日

（济宁电视台原文艺中心主任、高级编辑、中国作家协会会员）

读《荷槐棠诗集》有感

作序已看几日，想不出更好的语言去说……我每晚都去湖边，晴夜雨夜都去，有月无月也去；看见过云起云涌时的太湖，亦看见过风清月明时的太湖；在太湖的大堤上总有那么一群夜钓者，有开着汽车来的，也有骑着电瓶车来的；更有骑着自行车来的。三三两两围在太湖岸边，没有大声喧哗，就那么坐在自带的凳子上，眼睛死死地盯着浮子，浮子在水中游弋，时上时下的。有时一小时两小时亦见不到钓上的小鱼，但他们依然守着时间划去了的钓竿。乐此不疲！

想来是坚守的乐趣，间或是享受着自然世界的赠予，凡夫俗子，名利中人也许做不到了！也许诗人陈涛正是夜钓者同类，坚守着心中的一方净土！

建　立

二〇一六年十月十二日

（王建立，江苏省无锡市人，文学爱好者、诗人）